ミレニアム7　鉤爪に捕らわれた女

〔下〕

HAVSÖRNENS SKRIK
by
Karin Smirnoff

Translated by
Fumi Yamada & Yoko Kuyama
First published 2024 in Japan by
Hayakawa Publishing, Inc.
This book is published in Japan by
direct arrangement with
Hedlund Agency.

装幀／早川書房デザイン室

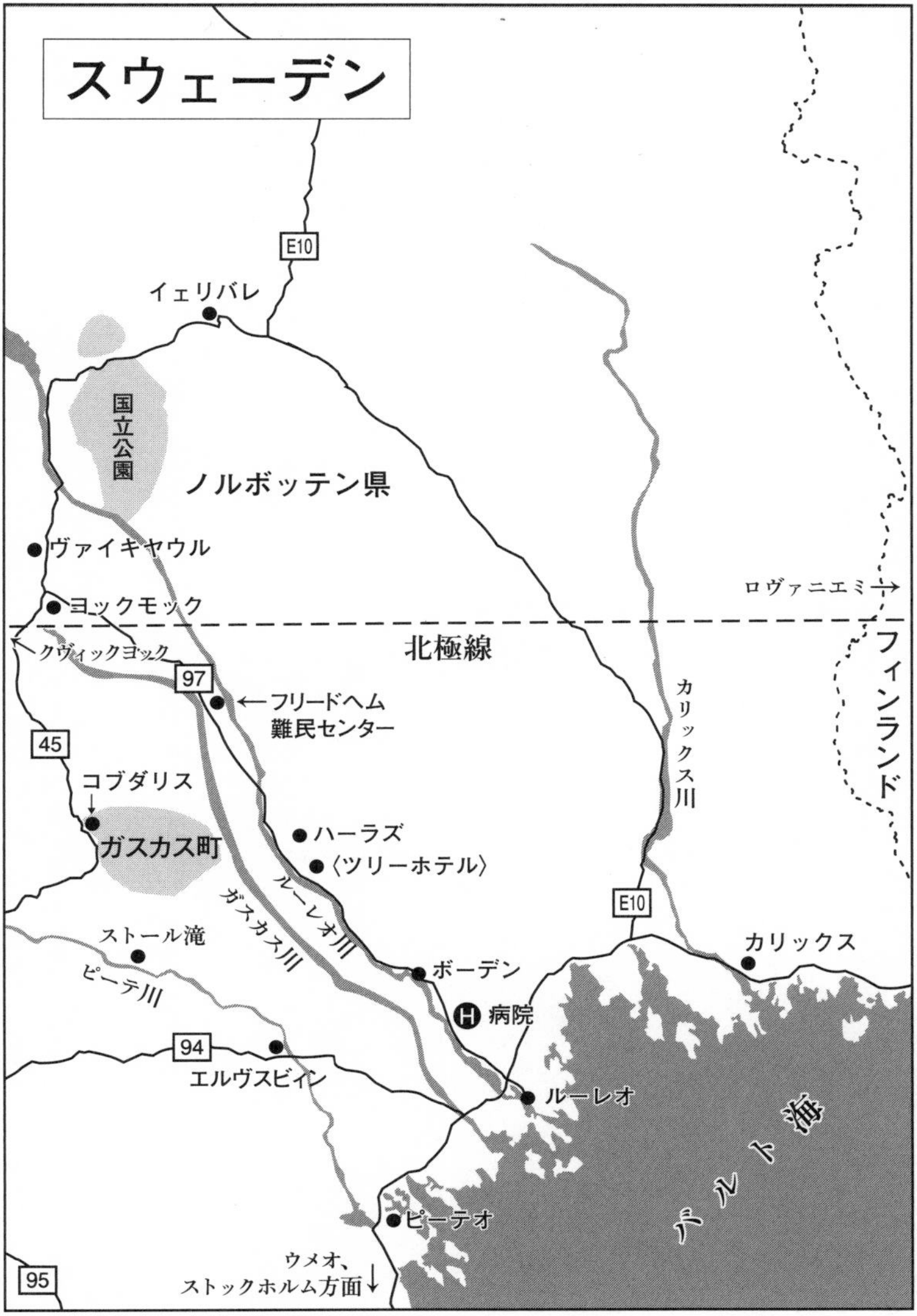
スウェーデン
E10
イェリバレ
国立公園
ノルボッテン県
ヴァイキヤウル
ヨックモック
ロヴァニエミ→
北極線
←クヴィックヨック
97
←フリードヘム
難民センター
カリックス川
フィンランド
45
コブダリス
ハーラズ
ガスカス町
〈ツリーホテル〉
ルーレオ川
ガスカス川
E10
ストール滝
カリックス
ピーテ川
ボーデン
H 病院
94
エルヴスビイン
ルーレオ
バルト海
ピーテオ
ウメオ、
ストックホルム方面↓
95

登場人物

ミカエル・ブルムクヴィスト……『ミレニアム』の共同経営者・記者
エリカ・ベルジェ……同編集長・共同経営者
アニカ・ジャンニーニ……ミカエルの妹。弁護士
リスベット・サランデル……背中にドラゴンのタトゥーのある女。ハッカー
ペニラ……ミカエルの娘
ルーカス……ペニラの息子
ヘンリィ・サロ……ペニラのフィアンセ。ガスカスの町長
マルキュス・ブランコ……ブランコ・グループ代表
〈クズリ〉
〈狼〉
〈熊〉
〈山犬〉
〈大山猫〉……ブランコ率いる騎士団のメンバー
ペーデル・サンドベリ……麻薬の売人
メッタ・ヒラク……ペーデルの元妻。サーミ人女性
スヴァラ・ヒラク……メッタとロナルド・ニーダーマンの娘

エリアス・ヒラク
ペール＝ヘンリック・ヒラク
ラウラ・ヒラク……………………………………メッタの兄妹
イングヴァル・ベングトソン……………………元公安警察勤務の心理学者。通称ＩＢ
マーリン……………………………………………イングヴァルの娘
ドラガン・アルマンスキー………………………警備会社ミルトン・セキュリティーの社長
マリアンヌ・リエカット…………………………風力発電所建設予定地の地権者
カタリーナ・ダ・シルヴァ………………………ガスカス町の法務担当者
エルシー・ニィベリ
エリック・ニスカラ………………………………福祉局の職員
ハンス・ファステ…………………………………ガスカス警察重大犯罪班のリーダー
イェシカ・ハルネスク
ビルナ・ギュードムンドゥルドッティル…………ガスカス警察の警察官
ヘンケ………………………………………………イェシカの元夫
フレイ・アールッド………………………………フリードヘム難民センターの職員
ソフィア・コナレ…………………………………難民のマリ人少女
プレイグ……………………………………………リスベットの友人。ハッカー

第四十章

食事は終わりに近づいている。この一時間でミカエルは二度もトイレに立ち、つかの間の安らぎを得た。エリカ・ベルジェに電話したが応答はなく、たいていの時間はペニラの母親と過ごして、関節炎から彼女とアルネの離婚まで、ありとあらゆる話をした。それに加えてスピーチをした。いったいどうして忘れていたのだろう？　未来の夫に娘を受け渡すことを別とすれば、家父長制的な結婚制度の最も根本的な慣例が、新婦の父親によるスピーチだ。

ミカエルの番がまわってくる。逃げたらペニラに恥をかかせてしまう。ペニラがルーカスの面倒をとてもよく見ていること、音楽の才能があること、文章に親しんでいることを褒める。だがヘンリィ・サロのことになると、ミカエルの頭のなかは空白だ。いっしょにサウナに入ったのもなんの足しにもならない。サロの前で涙を流したことも。ミカエルはサロを知らない。知っているのは、ややうさんくさいということだけだ。『ミレニアム』はひとつの区切りを迎え、ミカエル自身もまともな人間関係を築けないただの人になったが、誰もミカエルから奪えないものがある。本能的な直感だ。いまのところその感覚はかすかで、バラバラの単語やフレーズでしか言い表せないが、それでもたしかにある。直感に裏切られたことは一度もない。

ミカエルはサロのほうを向き、愛と安心について月並みなことを二、三述べる。対等であることと配慮をすること。アーメン。

かたちばかりの拍手がテーブルのまわりに広がる。ペニラはやさしい表情でミカエルを見て、サロは水のグラスを倒す。

みんなの注意がほかへ向くと、ミカエルは内ポケットからノートを取りだす。

IBから聞いた話から書きはじめる。

ガスカスで奇妙なことが起こっている。人が消えている。誰のことか調べる。

町役場――ヘンリィ・サロ。何者? 背景は? 学歴は? 公的書類を取り寄せる。新聞記事に目を通す。鉱山。風力発電所。ほかのプロジェクトは? サロの同僚と話す。

ミカエルはテーブルのまわりを見る。雑多な集まりだ。外見を見るかぎりでは、さまざまな社会階層の横断面のようだ。

〝ゲストと話す〟まで書いたところで、ルーカスがまたおじいちゃんの膝に座りたいと言い張る。黒い巻き毛にあごをくすぐられる。ルーカスを引き寄せる。

「明日、釣りにいける?」ルーカスは言う。「竿はあの人から借りれる……ヘン……パパから」

「ぜひ行きたいけど、この時期に魚が釣れるかな?」

「それはどうでもよくない?」ルーカスは言って、グラスをスプーンで叩く。誰も音に反応しないのでまた叩き、ミカエルの膝から滑りおりて、テーブルが静かになるのを待つ。「スピーチをしたいんです」ルーカスはポケットから紙切れを取りだす。「えっと、ていうか詩です。ママへ」そう言ってペニラを見る。

ママとぼくだけ
しばらくふたりきりだった
ブリーチーズは好きじゃない
ママは笑うとかわいい
結婚のプレゼントはない
ママのために見つけた石だけ
おじいちゃんが紐に結んでネックレスにしてくれた
ぼくのことを忘れないで。

ルーカスはサロを見ずにペニラへ手を差しのべる。赤い紐に結いつけられたハート形のグレーの石がペニラへ手渡される。ふたりはじっと見つめあう。ペニラはネックレスを首にかける。サロが自分のグラスをしつこく叩きはじめなければ、会場には万雷の拍手が鳴り響いていただろう。

ルーカスは席についた。サロが立ってグラスをかかげる。

「われわれ幸福な夫婦に乾杯」サロは言う。「パーティーは〈ライモズ・バー〉でつづきます。飲み放題です！」

第四十一章

バーに到着すると、ミカエルもほかのたいていの人と同じ行動をする。カウンターへ行ってビールを注文しようとする。

周囲はたちまちにぎやかになった。控えめな声で話していた人たちが、互いに聞こえるようにと大声をあげはじめる。ミカエルはほっとする。この喧騒のなかでは、話に加われと求められることはない。傍からゲストを眺めていられる。前の会場の席次はすでに崩れた。知り合い同士が集まってグループになっている。服装、話し方、振る舞いによって線が引かれる。役人、政治家、経営者が一角に身を寄せあっている。猟師と労働者も同じだ。そのほかに、はっきりこれとは言えない小さなグループもいろいろある。おそらくペニラの友人たちや、ミカエルの妹とその家族といった親類が、互いの存在に安心感を見いだしている。人ごみのなかにアニカの姿が見える。電話がかかってきたようで、出口へ向かっていく。

花嫁のおばだ。
そいつに用はない。次の指示を待て。

「ビール、手に入らないんですか？」

ミカエルは振り向く。

「注文を聞いてもらえたら、わたしのぶんも頼んでもらえません？」女は言って、手を差しのべる。

「ビルナ。ペニラの友だちです」

「ミカエル・ブルムクヴィスト、ペニラの父です」

「知ってます」ビルナは言う。「スピーチをしてたから。オバマ並みとはいかないけど、わかる。サロのことを褒めるのは簡単じゃないですよね」

「彼のことはよく知らないんだ」ミカエルは言う。

「わたしも。新聞で読むことぐらいしか。私生活では世界一いい人かもしれないけどね。ペニラが結婚するっていうんなら、そうにちがいない」

「ペニラとはどういう知り合い？」ミカエルは尋ねる。

「同じ読書グループに参加してるの。三十分は本の話をして、残りの夜はワインを飲む。知り合いをつくるのにいい場なんだ」

「真実はビールのなかにあり《イン・ビルロ・ヴェリタス》」ミカエルは出てきたビールをビルナへ手渡す。

「ええ、酔っぱらいのおしゃべりに乾杯」ビルナは言う。「ペニラはサロのことは話さないんだけどね。あなたのことはたくさん話してる」

「ぼくのこと？」

「ええ、人としてではないかもしれないけど。ペニラはジャーナリストが主人公のミステリ小説を書いてて、すごくおもしろいの。ときどき章をひとつ朗読してくれるんだけど」

「それは初耳だ」ミカエルは言う。「まだちゃんと話をする時間がなくてね。一週間ほど前に来たばかりで」

「ペニラから聞いた」ビルナは言う。「四百人の女性と寝たけど、一度も結婚してないってほんと？」

頭のなかで数えはじめようとして、われに返る。

「たぶんもっとだな」ミカエルは言う。「有名な女たらしでね。気をつけたほうがいい」

「ご警告、承りました。もう一杯飲む？」人ごみを押しわけてカウンターへ行き、大きな音で指笛を鳴らしてバーテンダーを呼ぶ。

「おみごと」ミカエルは言う。「女性は得だな」

「損なこともあるけど」ビルナは言う。「男は腰のまわりやお尻に手が忍び寄ってくることはないでしょ」

「残念ながら」ミカエルが言うと、バンドが演奏をはじめる。生まれたばかりの子牛が乳首を見つけるのと同じぐらい自然に、みんなダンスパートナーを見つける。

踊るはめになるのを避けようと、ミカエルはその場を辞してトイレへ向かった。携帯電話を確認する。エリカからの着信もメッセージも、期待していたものは何もない。エリカはこっちを言いくるめようとしてくるのではと期待していた。少なくとも説得を試みるのでは、と。もっとも考えを変えるつもりはない。いまいましいポッドキャスターになる気などない。


「じゃあ、これからどうしたいの?」ビルナが尋ねる。

ダンスフロアから少し離れたブースにふたりで避難していた。そんな話をするつもりはなかったが、ミカエルは『ミレニアム』の浮き沈みをビルナに説明した。話せば話すほど、話に魅力がなくなっていくのが自分でわかる。エリカがまさに言っていたとおり、強情で保守的なじじいになっていく。

「いままでずっとやってきたことをやりたい。ほかにやりたいことなんてないからね」

「ここの新聞の仕事に応募すればいいじゃない」ビルナが言う。「報道局長を募集しているから」

「『ガスカッセン』で?」ミカエルは声をあげて笑う。「そこで働けってぼくに言うのは、今週ふたり目だよ。そうしたらキャリアの締めくくりとして最高だろうな」

「それじゃダメなわけ?」ビルナは尋ねる。

「いや、屋内マーケットの開所式を一面記事にして、附録をまるまるアイスホッケーにあてる地方紙だってほかはね」

「でも、だからこそでしょ。報道局長になったら変化を起こすチャンスがあるわけだし」

「まるでそこの社員みたいな口ぶりだな」

「ハハ、ちがうけど。見て、ケーキの時間みたい」ビルナは立ちあがる。「ほら行こう、甘いものが食べたいの。そのあとで、応募すべき理由を教えてあげる」

第四十二章

　まさにサロが望んでいたように、お祭り気分は最高潮に達している。飲み放題に外れはない。とりわけ〈ライモズ・バー〉では。この店の壁には伝統が深く染みこんでいる。サロが探してきたタイ人のウェイトレスまで数人雇っていて、忙しなくウイスキー・グラスにおかわりを注いでいる。もちろん社会的にあまり褒められたことではないが、パーティーはパーティーで、ノルボッテンはノルボッテンだ。狩猟用の服とショットガンをあきらめて別の服を無理やり着せられた男たちにとっては、ある種のカタルシスである。サロ自身も例外ではない。クローゼットにたくさんスーツがあるからといって、お役人になるわけではない。心の奥底では、サロはいつでも野性の男だ。鎖から逃れたいと望んでいる飼いならされたサーカスの熊だ。アルコールは文明化された逃避にほかならない。自由の液体。夜が終わるまでに秘密がいくつか暴露され、トイレで吐くゲストがいて、願わくばパンチがひとつかふたつ飛ぶ。サロの望みどおりになったなら。

　ペニラの姿を捜す。ウェディングケーキがどうとか言っていた。女たちは、すでにデザートのテーブルへ移動しはじめている。最後にひとつ務めを果たすとしよう。問題ない。そのあとは浴びるほど酒を飲むつもりだ。

覆面を確認しろ。しくじるな。必要なら撃て。
Xは連れ去り、Yは殺せ。

町議会議長のトルベン・オロフソンが、バーの騒々しい人ごみをかき分けてまっすぐサロのほうへ向かってくる。

クソ。勘弁してくれ。今夜はずっと、先週もずっと、彼を避けていた。サロは片手をあげる。「ストップ」サロは言う。「結婚式の日に仕事の話はごめんこうむりたい」

「そう言うのならメールに返信しはじめたほうがいい」オロフソンは言う。「この風力発電所プロジェクト全体がマフィアの計画のようになりだしている」

「そうですか？」サロは言う。「何か変わったことでも？」

「変わったことがつぎつぎと起こっている、言わせてもらえばね。たとえば差出人不明の脅迫文。心当たりはないのか？　もちろん警察に通報したが、こんなことがつづくと困る。選挙で正式に選ばれた政治家への脅迫は、民主主義そのものへの脅迫だ」

などなど。サロはオロフソンを連れて静かに話せるトイレのほうへ向かう。

「もうひとつ」オロフソンは言う。「あるメールではきみの名があげられている。わたしのプライベートなGメールアドレスに届いたものだ。きみがひそかに金を受けとったと主張している。賄賂だぞ、ヘンリィ。いったい何を考えているんだ？」

そうは言うが、オロフソンだっていったい何を考えているんだ？　川を見おろす一等地のアパートメントで暮らし、すぐ下の川にボートを係留していて、土地所有者でもないのに狩猟権を持っている。

「いいですか」サロは言う。「賄賂は受けとってない。向こうが圧力をかけようとしてるだけでしょう。調べられることはすべて調べておくから、月曜の午後に電話で話しましょう」

最後に女と会ったあと、ブランコ・グループからの連絡はない。ざまあみろだ。サロはとどめのひと言を言い渡したことにいまも満足している。厳しい交渉になるかもしれないが、自分は弱虫ではない。この町を動かす手だ。その手でこれからケーキナイフを動かし、クリームケーキを切る。まずは小便だ。

だが、この音はいったいなんだ？　まだ花火じゃないだろう？

これがおまえの望みだろう、ヘンリィ・サロ、バンバン。
こっちは障害者だと思ってたんだろ、バンバン。
これは前菜にすぎない、バンバン。
結婚おめでとう、バンバン。

ようやくだ。性的興奮のような刺激が〈狼〉の全身を駆けめぐる。ひさしぶりだ。

一度兵士になったら……

目出し帽をかぶる。〈クズリ〉と〈熊〉に目をやる。しっかりやれ。〈大山猫〉にうなずく。

……永遠に兵士だ。

背後で川がうなりをあげている。流れる雲の狭間に月が消える。喫煙者が煙草《たばこ》の火をかかとでもみ消し、建物のなかに戻る。


いまだ！


ドアを引きあけたときの感覚は名状しがたい。外へ出ようとしていたやつを蹴り、なかへ戻す。AK5は眠る赤ん坊のように腰にしっかり寄りそっている。うしろには〈クズリ〉と〈熊〉がいる。

ゲストが事態をのみこむまでの数秒間。どんな言葉で言い表わせばいいのだろう？　パーティーから茫然自失へ。否定——こんなことありえない——から事実へ。誰もがその事実へさまざまな反応を示す。

行動科学者が部屋の片隅に腰かけて反応のパターンを観察できたら、人間の逃避行動について世紀の論文が書けただろう。叫ぶ者、走る者、押す者、転ぶ者。足をもつれさせる者、手首を骨折する者。死にたくないと必死で、子どもの身体を踏みつけてトイレに閉じこもる者。

バン、バン。二発の弾がドアを撃ち抜く。効果的な戦略とはこういうものだ。

とはいえ、これは大量殺人ではない。〈狼〉はゲストの恐怖を楽しむ。生殺与奪の力は自分にある。

ゲストたちの恐怖のにおいは、香水やアフターシェーブローションのにおいを凌駕《りょうが》して広がる。それは失禁し脱糞する。隅に移動し、支配者のために道をひらく。

支配者は〈狼〉だ。アフガニスタンで最初の一発を放ってから現在にいたるまで、自分の命、行動、尊厳は自分で守ってきた。一日たりとも後悔はしない。次を待ちわびるだけだ。ステロイドのようにアドレナリンを血液中に送りだす次の紛争、次の命令を。

〈クズリ〉、〈熊〉、〈狼〉。三人のあいだに流れる愛。分かちあうよろこび。

一張羅のスーツを着たタフな男が、自分の女を守ろうとする。

スローモーションにしたら、一列に並んだ歯がとても美しく砕け散るのが見えただろう。

母親が子どもを抱きあげて出口へ走る。

彼女の頭頂部にきれいにまとめられた髪が崩れるのは、やや残念だ。

しくじることはけっしてない。天井に向けてもう一発放つ。〈熊〉が〝動くな〟と大声の英語で命じ、すべてが止まる。観念。降伏。

第二段階。ゲストたちの考えが聞こえてくるようだ。どれも同じ。動かないから。殺さないで。生かしてくれ。子どもがいる。もうすぐ定年退職なんだ。年老いた母にはわたしが必要なの。

暴力を使う必要すらない。恐れをなした人の群れを抜け、〈狼〉は王のように歩みを進める。焦点は少年に合わせている。こいつだ。ほかと同じく恐れをなしてつっ立っている。少年の目は悟っている。抵抗はしないだろう。

だが、いきなり女が歩みでて少年の前に立ちはだかる。

怯《おび》えているようすはない。〈狼〉をじっと見すえる。

敬意。それだけ与えてから〈狼〉は彼女のこめかみを銃で殴り、少年の身体をかつぎあげる。

少年は悲鳴すらあげない。ぬいぐるみのように逆さまになり、垂れさがった頭が〈狼〉の腿《もも》に当たっている。


Xを確保。Yは見あたらず。時間切れ。撤収する。


これで終わっていてもおかしくなかった。誰も身動きひとつしない。子どもを腕に抱え、チークダンスの甘い旋律にのって外へ出るだけでよかった。

子どもがあんなことさえしなければ。

あんなことさえしなければ。正面出口にたどり着いたとき、少年は口をひらいて大声をあげた。

「おじいちゃん！」

ミカエル・ブルムクヴィストはあと先を考えない。出口へ、ルーカスへ、自分を求めて叫びつづける声へ向かって走る。ドアを抜けて少年のあとを追い、氷点下の雨あがりの夜空のもと、せっけんのように滑る段をおりる。

音を頼りに走る。向こうは先にスタートを切っている。もう姿は見えない。ルーカスは見えず、声も消えた。ひたむきな表情。ためらいがちな笑顔。ルーカス！ 一度呼び、さらに数度呼ぶ。いた。また姿が見える。ルーカスの声が聞こえる。〝もっとはやく。追いつけるぞ、あの子を取り戻すんだ、死にものぐるいで走れ、ブルムクヴィスト、走れ〟

バン
バン

まずは音、そして身体。足がスリップする。いまいましいドレスシューズめ。立ちあがらなければ。ルーカス。ミカエル・ブルムクヴィストはうしろに転倒する。頭をアスファルトに打ちつける。濡れた水彩画の深紅色のように血が広がる。そのぬくもりを感じる。

夏。夕刊がテーブルに置いてある。七月十四日。一九……日付の一部はコーヒーカップで隠れている。くるぶしには蚊に刺されたあとが点々とある。

ミカエルの向かいには父さんが座っている。水泳パンツを穿き、上半身は裸だ。身体はまっ白で、頭のてっぺんだけはすぐピンクに染まる。父さんは街から合流したばかりだ。身体は来たが、頭は来ていない。頭はいまもオフィスにいる。

ミカエルは父さんのところへ行って膝にのりたいが、勇気がない。一方、アニカはすでにのっかっている。アニカは幼い。父さんを包んでいるものがまず剝ぎとられなければならないことを理解していないのだろう。アニカは本を読んでもらいたがっている。「あとでな。パパはまず休まなきゃならん」父さんはアニカを持ちあげて椅子に座らせる。ビールを味わう。見わたす海は、父さんの到着を祝福してガラスのように滑らかになっている。

庭のテーブルで夕食をとることになっていて、母さんがトレイを手にやってくる。いつもはゲスト用にしまってある上等の陶磁器を使い、テーブルの準備を整える。

夕食はミカエルが釣った。立派なパーチで、おじいちゃんによると完璧な大きさだ。小さすぎず、さばきやすい。大きすぎず、身には弾力がある。

それを父さんに伝えたいのに。

パーチの切り身に、ゆでた新じゃがいもと溶かしたバター、薄いクリスプ・ブレッド、家の菜園でとれたラディッシュを添えたもの。

「うまい魚だ」父さんは言い、骨だらけとでもいうかのように切り身をつつきまわす。「ミッケ、おまえは足がはやいだろう。ひとっ走りしてビールを取ってきてくれ」

父さんはシュナップスを一気に飲み干す。新しい瓶からビールを注いでげっぷする。

「ようやくまた人間に戻った気がしてきた」父さんは言う。

目に一種のきらめきがあり、ミカエルは期待しはじめる。父さんが恋しかった。四六時中というわけではないし、そんな暇はなかったけれど、それでもときどき。

「明日はボートで出かけるか」父さんが言って、ミカエルはひと安心する。テーブルを離れて突堤へ行ってもいいか尋ねる。腹ばいになって水のなかをじっと見おろす。水面近くには小さなトゲウオの群れがちらついている。もっとよく見ようと、頭を水に突っこむ。深くはなく、せいぜい水深一メートルほどだ。大胆な小魚たちはミカエルの頬をかすって泳ぎ、突然、勢いよく逃げだす。トゲウオが何から逃げたのか、はじめはその影の正体がわからなかったが、好奇心の強いカワカマスのとがった頭だと気づいた。

カワカマスは口を大きくひらいている。尾びれを使って前進し、あごでミカエルの頭をとらえる。ミカエルは悲鳴をあげるが、水中で悲鳴をあげるのは不可能だ。カワカマスのあごのなかで悲鳴をあげるのは、防音壁に詰め物がされた小部屋で悲鳴をあげるようなものだ。声は誰にも届かない。誰にも見られることなく、ミカエルは巨大カワカマスの歯で身体を一センチずつ噛み砕かれて呑みこまれていく。

第四十三章

　事件のあとには、また別のカオスが広がる。会場の外で最後の銃声が響いたときには、すでに最初のテキストメッセージが家族や友人に発信されていた。**［無事だ］［心配しないで］［なんのこと？］［どこにいるの？］**フェイスブックにはガスカス用の特別なボタンが現われた。〝自分の無事を報告〟

　当然、メディアにもたちまち伝わる。

　ビルナがガスカスの警察に急を知らせてノルボッテン全域から応援を要請しているとき、タブロイド紙『アフトンブラーデット』のストックホルム編集部には取り乱した電話がかかってくる。

「クソテロリストの一団が、〈ライモズ〉での結婚パーティーを襲いやがった！　とんでもないことになってる」

「〈ライモズ〉ってなんです？」夕食のサンドイッチをほおばりながら記者が尋ねる。背後で叫び声が聞こえ、ストックホルム郊外でまた銃撃があったのかと思う。

「何言ってやがんだ、ガスカスの町長が今日結婚して、パーティーのまっ最中にいきなりヤバいやつらが入ってきて、そこらじゅうに銃をぶっ放しはじめたんだ。まさにいま起こったばかりだ、畜生」

「ガスカスの町長？　ノルランドの話ですか？　わかりました。死者は？」

「出てるにちがいないが、わかるわけねえだろ？　ここはもうめちゃくちゃだ。だが、男の子を連れてった。銃をぶっ放してたヤバいやつらは、男の子を連れてったんだ」

「男の子って？　落ちついてください。銃撃をしていたと言うかと思えば、今度は男の子を連れていったと言うんですね？」

「町長の子だ、やつらはその子を連れてった。なんてことするんだ。動画を送るよ」

ストックホルムの電話が鳴ってから十分ほどで情報提供への報酬に折り合いがつき、『アフトンブラーデット』の最初のニュース速報がウェブサイトで全国へ配信された。

『アフトンブラーデット』紙

北部の結婚式が血の海に

ノルボッテンの小さな町ガスカスで、結婚パーティーに覆面の男たちが押し入り、銃を乱射した。

目撃者たちが本紙に語ったところによると、襲撃の目的は子どもの誘拐だった。現時点ではガスカス警察からコメントは出ていない。本紙では情報が入りしだい報道する。

TT通信社

結婚式から子どもが誘拐される

ガスカス警察の発表では、今夜、ガスカスで幼い子どもが誘拐された。拳銃を持った覆面姿の男数人が、ノルボッテンのガスカスで個人の結婚パーティーに押し入り、銃を何発も発射したのちに現場を立ち去った。警察はまだ死傷者の詳細を発表していない。犯人はいまも逃走中。

『ガスカッセン』紙

町長の息子が誘拐される

町長ヘンリィ・サロの結婚式が悲劇に終わった。武装した男たちが結婚パーティーに押し入り、九歳の継息子を誘拐した。

「信じられない。いったい誰がこんなふうにわれわれを傷つけようと思うのか？」とヘンリィ・サロは本紙に語った。

撃たれた被害者のひとりに、ヘンリィ・サロの義理の父で『ミレニアム』誌の著名ジャーナリスト、ミカエル・ブルムクヴィストがいる。重傷だが命に別状はないという。軽傷者は現場で手当を受け、数人が病院へ運ばれた。

〈フラッシュバック〉掲示板

ライモズ・バーでの誘拐と銃撃——いったい何が起こってる？

今晩、〈ライモズ〉でいったい何があったんだ？　その場にいたやつがいたら教えてくれ。いま『アフトンブラーデット』と『ガスカッセン』を読んだ——あのいまいましいミカエル・ブルムクヴィストは葬り去れなかったのか？　どうして子どもを連れていった？　ガキの親父は黒人で、そいつが背後にいるにちがいない。

ノルボッテンに黒人はほとんどいないだろ。ロシア人じゃないか。やつらはやるべきことを知ってる。それに有能な指導者もいる。

『エクスプレッセン』紙

暴力的な誘拐の背後に親権争い？

九歳の少年の母親が二度目の結婚（新しい夫はガスカス町長）をしたタイミングで襲撃が起こった。自動小銃で武装した襲撃者たちは少年を力ずくで誘拐し、いまなお逃走中。

「犯人をすみやかに逮捕すべく、広範囲に応援を要請しました」ガスカス警察重大犯罪班のハンス・ファステは言う。

本紙が得た情報によると、ノルボッテンのガスカスで起こった暴力的な銃撃事件および少年誘拐の背後には、親権争いがある可能性もある。


ガスカスの警察も週末の勤務体制だった。ビルナ・ギュードムンドゥルドッティルが急を告げてからパトカーが到着するまでに三十五分もかかったのだ。最初に到着したのは救急車だった。そのあとにフリーの記者たち。

混乱、アルコールを含んだ靄《もや》、涙、パニックのただなかで、ビルナはみんなを安心させようと全力を尽くし、同時に目撃者から可能なかぎり情報を集めた。


「三人だった」

「最低でも五人はいたよ」

「ロシア語を話してた」

「男の子は騒ぎもせずについていってった。相手を知っていたにちがいない」

「サロが悪いんだ。やつが糸を引いてるにちがいないね。トイレにこもってたろ。そんなやついるか？」

「三人。みんな黒い服を着ていて、ワグネル・グループに似ていました。ふたりは青い目。ひとりは茶色。ロシアの自動小銃で、おそらくアバカンとも呼ばれるＡＫ-９４Ｓです。スウェーデン陸軍のＡＫ５Ｄか、場合によってはアメリカのＭ４Ａ１かもしれません。ただ、メキシコのＦＸ-０５の可能性も除外できませんね、これは銃床のほうがほかとちがうんですが」

「銃のことをとてもよくご存じのようですね」ビルナは言う。「軍隊にいらっしゃるのですか?」

「いえ、図書館司書です」

第四十四章

いろいろな人の質問に何度も答えたあと、ふたりは家へ帰された。まだ結婚式の服装のままだ。ドレスには腿まで長い裂け目が入っている。生地はシラミでもいるかのようにチクチクする。ジッパーはサロにおろしてもらわず、荒々しく自分で引き下げて縫い目が破れる。ブラ、タイツ、ショーツを床に脱ぎ捨てる。裸になり、首にぶら下げた石のハートを両手でしっかり握りしめて、鏡の自分を見る。サロが入ってきても反応しない。サロはグラスを差しだす。ペニラは片手でそれを押しかえす。

「ウイスキー」ペニラは言う。「あなたにはそれがすべての解決策なんでしょ」

「きみと同じぐらい悲しいよ」サロは言ってうつむく。だがペニラは悲しいわけではない。いまはちがう。ほかの感情がまさっている。ペニラは……ペニラは？　おそらく憎しみに狂っている。

サロはうなだれていて、うしろになでつけた髪は崩れて頬にかかっている。所在のない腕。どんな役でもそつなくこなす男。

「せめてその馬鹿みたいなスーツは脱いだら？」ペニラは言ってサロを小突く。もう一度。サロはよろめいてベッドにへたりこむ。

ペニラ。分別ある善人ペニラ。頼りになる人。そばにいてもらいたい女性、荒天のなかの礎《いしずえ》。ペニラはサロを見る。いまのところ、言葉はペニラのなかにとどまっている。ルーカスの誘拐におまえが関係しているのなら、生きたまま皮を剝いでやる。殺して皮を剝ぐのではなく、逆の順番で。わたしと同じ痛みを味わわせてやりたい。ルーカスのように。いや。あの子の名前は口にしてはいけない。冷静に落ちついて考えなければ。感情を抑えなければ。

もはやふたりの問題ではない。ペニラとヘンリィ・サロの問題では。結婚して一日も経っていないが、もうおしまいだとペニラは確信している。

シャワーを浴びてジーンズとセーターを身につけ、指輪を外して便器に落として水を流す。いままでルーカスの部屋は意識して避けてきたが、ルーカスの服装をふと思いだす。白のシャツ、黒のズボン、きちんとした靴。〈ライモズ〉のクロークルームでルーカスのコートをハンガーにかけた。窓の外の温度計に目をやる。マイナス八度。身震いする。

部屋の扉は半びらきになっている。ベッドは整えられていない。ストール滝へ発つときには急いでいた。ペニラはルーカスの寝具に潜りこむ。兎のぬいぐるみを抱いて目を閉じる。今夜は眠れないだろう。恐怖、戦慄、現場の光景がいまも脳裏に焼きついていて、喉が締めつけられてうまく息ができない。枕はまだルーカスのにおいがする。自分の息子。繊細でかわいくてかしこい息子。すでに広い視野でとても明晰にものを考えられる子。

ぼくのことを忘れないで!

まさに自分は忘れていたのではないか？　自分の希望を第一にして、無理やりあの子を連れてきた。あの子は引っ越したくなかったし、ヘンリィのことが好きでもなかった。ウプサラ、学校、友だちに満足していて、おばあちゃんのそばにいるのが好きだった。すべて自分のせいだ。もっとよく考えるべきだった。なのに、そのうちうまくいくと思って強引にことを進めた。ヘンリィの不貞にすら目をひらかされはしなかった。いまは両目を見ひらかされている。ハタネズミの巣を見おろす鷲のように、すべてがくっきり見える。息子を見つけなければならない。何よりそれが重要だ。すでに手遅れかもしれないが。

第四十五章

少年が目を覚ましたのは明け方だ。最初に気づいたのは煙のにおいで、おじいちゃんが火を熾《おこ》して魚を燻製にしているのかと思った。その一瞬の安心感を最後に、長らく安心できない日々がつづく。まわりは暗く、周囲のようすはほとんどうかがえないが、サンドハムンのおじいちゃんの家ではなく、自宅でもない。

小屋にいる。

壁は丸太でできていて、窓がいくつかと扉がひとつついている。横たわっているベッドの脇には椅子が一脚ある。少し離れたところにテーブルがひとつと、椅子がもう一脚。

その椅子には男が座っている。カバノキの樹皮を手にとり、火打ち道具で火をつけたばかりだ。いまはシラカバの薪《まき》を火にくべている。薪がくすぶっている。少年はまた眠りに落ちた。

指定の場所で掃除屋が少年を受けとってから、ほぼ一昼夜が過ぎた。その間、掃除屋は一睡もしていない。子どもは同じ体勢で横になったままで、呼吸も鼓動も問題なさそうだ。

「子ども。どうして子どもを?」

「それは重要か?」配達屋は言う。

「ここに置きたくない」掃除屋は言う。「子どもが来るような場所じゃない」

「仕事を引き受けてるはずだが」配達屋が言う。

「子どもは別だ。そういう意味では女も別だが」

「〝女と子ども以外なら〟。『レオン』か。なるほど。次は鉢植えの観葉植物を持ってきてやってもいい。そうすればぜんぶあの映画のとおりになる。だが問題はだな、おまえは契約を結んでるってことだ。歳や性別の条件はついてない。ただし、このガキはこっちが指示するまで生かしとけ。わかったな? 生かしとくんだ」

掃除屋は答えない。生きているというのは広い概念だ。自分の母親は生きているのか? 医学的には生きている。父親は? 母親の活力を奪うことで生き生きとしていた。自分自身は? 人間の死によって鷲が生きられる。あるものの死が別のものの生を意味するのなら、どちらの命が重たいかを決める権利は誰にあるのか。結局のところは状況によって決まる。子どもを生かしておくのは当然のことではない。だがいまは、それにおそらく当面のあいだ、少年は生きる。それが取り決めの一部だからだ。生かしておけ。少年は生かしておけ。さもなくば。〝さもなくば〟どうなるのかは知らないが、すべてわかっている。

「こいつには名前がある」配達屋が言う。

「だろうな」掃除屋は四輪バイクで走り去り、小屋へ戻る。

いったい何を使ってこいつを眠らせたのか。四輪バイクからずり落ち、木の根に頭をぶつけ、ドアに足が引っかかっても、まったく目を覚まさない。

重さは狐とたいして変わらない。ひとつしかないベッドに狐を横たえ、ブランケットをかぶせる。気づかいからではない。鼻だけが外に突き出ている。十五時間経ってもまだ眠っていて、目覚める気配はない。

少年のようすを確認して小屋の扉に鍵をかける。日が昇ったばかりだ。蓋のついたプラスチックバケツを持ち、肉の塊を詰めて、餌の台へ向かう。近づけば近づくほど心が軽くなる。森は深く、木の幹は太い。樹齢数百年のモミの木もある。海鷲はいつでも古いマツの木に巣をつくる。地上から見ると手編みのかごのようだ。視界は遮られているが、鷲たちがそばにいるのを感じる。すでに肉のにおいを嗅《か》ぎつけているのかもしれない。だが、遠くからでも何かがおかしいとわかる。掃除屋はバケツをおろして餌場へ走る。「嘘だ、嘘だろ」大声をあげる。「まさかおまえが。かわいそうな子だ。よくなってたんだろ？　何もかも順調だったのに」

この春に卵からかえったばかりの若鳥が一羽、死んで地面に横たわっている。掃除屋は湿った苔《こけ》に膝をつく。その頭をなでる。拾いあげて腕のなかで揺り動かす。

いま起こったばかりにちがいない。身体はまだあたたかい。外から攻撃されたり、病気にかかっていたりした形跡はない。若鳥のこげ茶色の羽は、柔らかな日の光に照らされると緑っぽく光る。鳥を地面におろす。きついにおいのする肉片をバケツから出し、また鳥を拾いあげて家へ向かう。肉を食べにくる客たちを待つことなく。

小屋のすぐ手前、枝が隠れ場所をつくっているトウヒのもとで、苔、地衣、小枝の下に鳥の墓をつくる。その上に大きな石をいくつか置いて手を合わせる。

〝神よ、わが子をみもとへ引きとりたまえ。楽園の木々のあいだを永遠に飛ばしたまえ。アーメン〟

第四十六章

ルーカスは寒いと感じる。ブランケットを引き寄せたいが、身体を動かす勇気がない。これまでにしたことといえば、目をひらいてまた閉じただけ。眠りに戻り、もっとましな場所で目覚めなければならないと身体がわかってでもいるかのようだ。だからもう一度試してみる。

ママが言うように夏のことを考える。針にミミズをつけて釣り糸を投げる。そして待つ。肩が日に焼かれる。何もかからない。いまはまっ昼間だ。ローチさえ興味を示さない。突堤に竿をおろして、あたりを見まわす。

見たらだめだ。また目を閉じて考える……ママのことではなく。ママには時間がない。ヘンリィのこと。できれば考えたくない。ときどきいっしょに遊ぶ女の子イルヴァのこと、卓球のコーチで最近スマッシュを教えてくれたオーケのこと、あまりよく知らないママのほうのおばあちゃんのこと、庭の手入れをするダニエルのこと。庭の手入れはするが、地下室の扉の窓から鳥が入ったのは見逃していた。ルーカスは合板と釘を使って自分で窓を修理した。

考えは最後におじいちゃんへたどり着き、そこから先に進めない。意思に反して目が大きくひらき、記憶が追いついてくる。

「やっと起きたのか？」掃除屋が言い、火にかけたケトルに水を注ぐ。「喉が渇いてないか？」

答えたくないが、答えなければならない。こんなに喉が渇いたことはない。口をひらくことすらままならない。マグはさびていて水は冷たい。飲めるように身体を起こす。脚の向きを変えてベッドの縁に座ろうとするが、足がついてこない。

「固まっちゃったみたい」ルーカスは言う。

「結束バンドだ」掃除屋は言う。

「痛い」ルーカスは足の拘束を解こうとする。

「引っぱれば引っぱるほどきつくなる。あと泣くのはやめろ。好きに振る舞ってもかまわんがな。叫ぶなり、話すなり、黙っとくなり。黙っとくのがいちばんだが。とにかく泣くのはやめろ。みんな涙は好きじゃない。海鷲もおれも。海鷲のくちばしは鋭いつるはしみたいなもんだ。腹をすかせてたら犬だって、なんなら子どもだって連れていける」

ルーカスは泣くのをやめる。その代わりに、水と結婚パーティーで食べたものと恐怖心が混ざりあって喉に引っかかっていたレバーの煮物のようなものを吐きだす。

「よし」掃除屋は言う。「物わかりのいいやつだ」少年のところへ行き、ブランケットを折りたたんで火に放りこむ。「ただひとつの問題は、これからおまえはすごく寒い思いをするってことだな。ブランケットは一枚しかなかった」

水が沸騰すると、男は米をひとすくい入れてケトルを火からおろす。

秋が寒さを運んでくる。あと数週間もすれば初雪が降り、温度計はマイナスを指す。自然が男の冷蔵庫になる。すっかり寒くなると、魚や猟獣の肉をたくわえておける。それまでは米、じゃがいも、ガーク（平べったいパン）で間にあわせるしかない。

ベッドの少年にボウルとパンを一枚手渡す。

「食え」掃除屋は言う。「今日食えるのはそれだけだ」

「おなか空いてない」少年は目を背ける。「家に帰りたい」

「家はどこだ？」

「ママのとこに帰りたい」なんとか口にする。でも涙は止められない。少なくとも声は出していない。

「おれにはママがいない。おまえもなしでがんばれ」掃除屋は言う。人は慣れるものだ。はじめは母のまなざしのこと、髪をそっとなでられることを考えるが、脳はやがて忘れる。「親は過大評価されてる」男は言う。「それを知るのがはやければはやいほど楽になる」

何が理由で子どもは泣くのか。男にはわからない。考えなければならない。扉を閉めて外の平たい岩に座る。

子どもが泣くのは、おそらく注意を引くためだ。望んでいるものが何であれ。あいつはたったひとつのベッドを占領している。ブランケットが燃やされたのは本人のせいだ。ものを食べるのも拒む。これではどうにもならない。

掃除屋はのこぎりと斧を手に、沼のほとりへ向かう。そこにはちょうどいい大きさの木が生えている。木を倒してそれを切りそろえ、樹皮を剝がして小屋へ運ぶ。その作業に一日の大半を費やす。

小屋には離れ屋がある。同じく丸太小屋だ。屋根は崩れ、小屋の上部の材木も落ちている。若木ほどもある大きさの枝が床を突き抜けて育っているが、土台はしっかりしていて、何カ所か修繕すれば使えるだろう。

最後の荷を運んでトウヒの枝の下に機械を隠したときには、日が沈んでいた。

男は小屋の外で立ち止まって耳を澄ませる。泣き声は聞こえない。

少年はベッドに座って無限の暗闇を見つめている。

「泣かなかったら」少年は言う。「足のバンドを外してくれる？」

掃除屋は石油ランプに火を灯す。くつろいだ雰囲気が部屋に広がる。乾燥肉を少し切り落とし、コーヒーを沸かす。少年は木のカップで暖をとる。

ちょうど心地よくなったところで、少年は尿意をもよおす。

ふたりの目と目が合う。これは策略か？

「わかった」掃除屋は結束バンドを切って少年の首にロープをかけ、夕方の散歩をする子犬のように外へ連れだす。

「さっさとしろ」男は空を見あげる。明日は餌やりの日だ。楽しみな時間。自分に子どもがいたら、いっしょに連れていっただろう。知っていることをすべて教えてやる。自分と同じぐらい、鷲を愛する子に育てる。無条件に。鷲の身に降りかかることを、同じぐらい恐れるように。

男は少年を見る。細く幼い背中は彼を寄せつけまいとしている。

〝いい子にしてたら、いっしょに連れていってやろう〟

ふたりは小屋へ戻る。甘やかす時間はおしまいだ。少年の足首に新しい結束バンドを巻き、泣くのは禁止だと念を押す。

冬のジャケットが季節前に使われる。男はそれを少年に投げてやる。自分は誰かが忘れていったトナカイの毛皮を敷いて横になり、ヘリーハンセンのジャケットをかけて布団にする。長い一日だった。ざらつく動物の毛皮の上で筋肉が弛緩する。

「もう寝るぞ」男はランプの明かりを吹き消した。

第四十七章

ミカエル・ブルムクヴィストを眠らせて目覚めさせ、また眠らせた慈悲深い非現実感は、たちまち消え去った。

肩が痛むが、痛み止めがある。問題はそれではない。

「昨夜のこと、何か憶えてる?」ビルナ・ギュードムンドゥルドッティルが尋ねる。ビルナは片側のこめかみに絆創膏を貼っている。

はじめは質問を理解できなかった。昨夜って? 「寝てしまって、いま起きたばかりなんだが」ミカエルは言う。

「結婚式のこと、憶えてないの?」ビルナは言う。

「もちろん憶えてる。そもそも、きみとはそこで会ったんだから」〝ハハ、この男はいまでも昔のやり口を失ってない〟

「そうね。でもそのあとのことは?」

とらえられない何かを言葉にしようとするが、陸にあがった魚のように口がぱくぱくするだけだ。ミカエルは水から出た魚で、酸素が切れかけている。

「はい、水を飲んで」ビルナが言う。

えらに水が入り、また呼吸できるようになる。魚はトゲウオを探してアシのあいだを抜ける。シュノーケルをつけた少年。カワカマスが口をひらく。十キロ級のカワカマスが少なくとも二十四、いや五十四近づいてくる。獲物を見つける。進みつづける。カワカマスが口をあけ……そして……

ミカエルは、はっとして身を起こす。水のグラスが倒れた。かけ布団を跳ねのける。身体の向きを変えて脚をベッドの脇へおろす。誰かに止められる。

「お願いだから放してくれ。ルーカスを見つけなきゃ」

「落ちついて話を聞いて。あなたはいまスンデルビィンの病院にいるの。ルーカスはわたしたちがちゃんと見つける。何もかも大丈夫だから」

「お願いだから放してくれ」いっそう大声でミカエルは叫ぶ。「何も大丈夫じゃない。あの子を見つけなきゃ。あれに連れ去られたんだ」

「何に連れ去られたの？」

「カワカマスに決まってるだろう」ミカエルは大声をあげる。「カワカマス、カワカマス、カワカマス」

また眠ってしまったのににちがいない。目が覚めたときには夜になっていた。女がベッド脇の椅子で眠っている。髪が顔にかかっている。見覚えがある。前に会ったことがある。

「ケーキを切ろうとしていた」ミカエルは声に出して言う。女の眠りは浅く、ミカエルの声で目を覚ます。

ペニラがケーキサーバーを持って立ち、サロを待っている。腕はルーカスにまわしている。ルーカスの耳に何か囁《ささや》く。

「きみとぼくは少し離れたところに立っていた。きみはビルナだろう？」ミカエルは言う。「警察官だとは知らなかったな。どうして言ってくれなかったんだい？」

「尋ねられなかったから」

「まあとにかく」ミカエルは言う。「何が起こっているか、しばらくわからなかった。人でいっぱいで、みんな大声で話してた。追いかけっこをする子も二、三人いた。そこで銃声が響いたんだ。まず一発、そして二発目。ひょっとしたら三発目も。女性たちが悲鳴をあげて、子どもが泣きはじめた。きみは人ごみをかき分けてペニラとルーカスのところへ行って、男の前に立った。どうしてあんなことをしたんだい？」

「新婦と新郎が狙われてると思ったから」ビルナは言う。「直感に従ったの」

「覆面の男が三人」ミカエルは言う。「服は黒。ドアのところにふたりいて、三人目がケーキに向かっていった。いや、きみに向かっていったんだ。ぼくは脚を動かせなかった。女性がしがみついていて身動きがとれなかったからね。きみは頭を殴られてよろけた。男は銃をみんなに向けたままルーカスを抱きあげて、左脇に抱えた。男がドアの外へ出ようかというところで、声が聞こえた。〝おじいちゃん！〟最初は小声で、そのあと大声で。〝おじいちゃん！〟ぼくは身を振りほどいて人ごみを突っ切り、ドアへ向かって走って、外に出たところでバランスを崩した。立ちあがって音のするほうへ走った。そのあとは……そのあとは、よくわからない。撃たれたのかもしれない。それか足を滑らせた？」

「撃たれた。肩に軽い傷を負っただけで、本当によかった」

「孫に聞かせてやるのにいい話だな」ミカエルは言って現実に引きもどされる。「ルーカス！　ここを出て捜しにいかなきゃ」

「そのうちね」ビルナは言う。「いまは警察を信頼してまかせて」

「まかせて大丈夫なのか？」

〝これくらいおれらで対処できる。おれを信じろ。いまいましいファステ〟

「最後にひとつ」ビルナは言う。「撃たれる前に、何か憶えていることはない？」

「星が見える晴れた夜だった」ミカエルは言う。

「ええ、でももっと具体的なことは？」

「星がどこかおかしかった。何がとははっきり思いだせないんだが」

第四十八章

森の女を訪ねてからずっと、スヴァラは彼女のことを考えている。彼女と、山の向こうの泥沼と森の先にある死体のこと。F、またの名をブッダ。

誰かが彼を見つける可能性も除外できない。ベリー摘みの夏の労働者はタイに帰っただろうが、狩猟はまだシーズンまっただなかだ。〝割れた窓。出血した腕。跡が残ってるかも〟

まだ数日しか経っていないのに自信がない。死体はここにあるはずなのに。あのあと雨も雪も降った。小道はほとんど見えない。野兎とオオライチョウが通った跡があるだけだ。何もない。死体は確実にない。殺すのに使った大枝すら見あたらない。スヴァラは自分の足跡をたどって引き返す。家に明かりがついている。昔は緑、あるいは青だったらしい扉をノックする。しばらくして、ようやく女が出てきた。マリアンヌ・リエカットは目を覚ましたばかりのようだ。

「おやおや、おまえさんかい。まさか町からここまで歩いてきたのかい？　なかに入りな、ストーブに火をつけるから」

マリアンヌはゆっくり動く。まるで歳を取ったかのように。

「具合が悪いの？」スヴァラは尋ねる。

「いやいや。ただの関節痛だよ。天気のせいさ。お日さまのもとで休暇が必要だね」

「みんなみたいにタイに行かなきゃ」

「行ったことあるのかい？」

「あたし？　ないけど、フィンランドは行ったことある」

「あたしもあるよ。同じだね」マリアンヌは言う。

「パソコン持ってきた」スヴァラはノートパソコンをひらく。「前にここに来たとき言ってたでしょ。パソコンが必要だって」

ふたりは背もたれがついたキッチンの長椅子に腰をおろす。スヴァラは身を寄せ、マリアンヌが画面を見られるようにする。

「まずパスワードを入れる。あたしのは〝hermelin〟、おばさんの名字と同じ意味ね（どちらもオコジョの意）。誰にも言わないで、秘密だから」

「わかったよ。もう忘れた。パソコンで地図は見られるかい？」

「もちろん」スヴァラは言う。「どの国？」

「国じゃなくて、所有地の地図みたいなの」

「調べてみる」スヴァラは携帯電話のデータにパソコンを接続する。「国土調査っていうのでいい？」

「いいね」

「不動産の地番ってのを入力しなきゃいけないみたい」スヴァラは言う。「なんのことかわかんないけど」

「どの土地も誰かの所有物なんだ」マリアンヌは言う。「たいていは国や林業会社のだけどね、ぜんぶじゃない。ガスカスリーデン十三番一号。それを入れてみて」

「この家じゃん」スヴァラは言う。

「そう」マリアンヌは画面を指さす。「まさにいま、おまえさんとあたしがいるのがここだ。たいてい〈雑木林〉って呼ばれてるけどね。あたしは屋根裏の寝室で生まれた。両親が死んだときに、夫といっしょに農地ごと引き継いだんだ。まだ十八歳のときだよ。おまえさんとたいして変わらない歳でね」

「あたしは十三歳だよ」スヴァラは言う。

「なのに、もうそんなにかしこいんだね。あたしは生まれてこのかたずっとこの家で暮らしてきた。でも、いまになって出てけっていうんだ」

「どうして?」

「あたしの土地にお役人どもが風力発電所をつくるのを拒んだから。でも、あたしの森はそっとしといてほしいよ。木々と静寂だけのままで。さあ、そろそろ何か食べなきゃね。腹が減ってるだろ?」

「少しだけ」スヴァラは言う。空腹のことはあまり考えない。考えないほうが楽だから。

スヴァラはノートパソコンをリュックにしまい、トイレを使っていいかと尋ねる。

トイレの壁にスヴァラは驚く。洗面台のまわりすべてに、というよりほぼすべての場所に新聞の切り抜きが貼りつけてある。ほとんどが風力発電所の記事で、鉱山の記事もいくつかある。時事問題。退屈なフレーズで、学校ではみんないやがる。おそらくスヴァラを除いて。

「でも、このあたりの人が風力発電所や鉱山はいらないって言うんなら、それをつくるのはおかしいんじゃないですか？」教師のエーヴェルト・ニルソンにスヴァラは尋ねる。

「景観が台なしになるとか、釣り好きの人がみんなと同じように店でサーモンを買わなければいけなくなるとか、それだけの理由で何もかもに反対するわけにはいかないんだ。この町には仕事が必要で、世界には電気が必要だからね。電気と鉱物が」

「それでも」スヴァラは反論する。「こういう問題では住民投票をするべきじゃないんですか？　そもそも民主主義国家で暮らしてるんだし。民主主義とは自分の意見を持つ権利のことだって、そう言ってたのは先生でしょ」

「民主主義とは多数派に決めさせることだ」ニルソンは言う。「だが、いつもじゃない。この場合は専門家を信じなきゃいけないと思う」

「専門家って誰ですか？」スヴァラは尋ねるが、答えは返ってこない。

「さしあたってはここまでだ」ニルソンは言う。「ほかのテーマも話しあわなきゃいかんからね」

専門家のひとりは、壁に貼られた写真のほぼすべてに写っている黒髪の男だろう。その男のことは知っている。ガスカス町長。彼の住所は調べた。ガウパ岬七番地。ヘンリィ・サロ。スーツのあいだからひと目見て、ぼんやりとした記憶の数々を呼び起こされた男。あるいは完全に思いだすことのできないひとつの記憶の断片を。

トイレの水を流して手を洗う。キッチンへ戻ろうとしたところで玄関の扉がノックされる。

「またあんたか」マリアンヌが言うのが聞こえる。「話は終わったと思ったけどね、少なくとも今世紀は」

だが、マリアンヌは相手を家に入れる。誰かはわからない。いまトイレを出るのは気まずい。

ふたりの話は聞こえないが、やがて訪問者の男が大声をあげる。

「あなたは耄碌《もうろく》しているようだ。耄碌した人間が家でひとり暮らしをしていちゃいけない。ケアが必要だ。自分にとって最善のことを理解できないのなら、強制措置をとる必要がある」

「あたしは耄碌してないし、ほかの病気でもないよ」マリアンヌが言うのが聞こえる。マリアンヌの声もさっきとはちがう。「ここに来てそんなことを言えば土地を手に入れられると思ってんのなら、大まちがいだね」

またふたりのやり取りは聞こえなくなる。スヴァラはドアノブをそっとまわし、電気を消して扉を数センチあけた。

隙間から男が見える。座っている。うなだれていて、見るからにみじめだ。

「あなたはわかってないんだ」男の声の調子がまた変わる。「ビョルク山での建設着手を保証できなければ、ぼくと家族はおしまいなんです」

「誰かに脅迫されてるんだね」マリアンヌの声に同情は含まれていない。「まあ、自業自得だね。守れない約束をしたんだろう？　あたしに同意させるとか」

「ええ」あわれな声で男は言う。

「でも、あたしは同意しないよ」マリアンヌは言う。

スヴァラが男に同情しそうになったところで、男がいきなり立ちあがって椅子が倒れた。男はわめきだす。

「こっちがどんなやつらを相手にしてるか、あんたはわかってないんだ。要請に応じなけりゃ殺されるぞ。わかってんのか？　殺される。まずあんたで、それからほかにも。なんの罪もない人たちが」

男はスヴァラの視界から消える。

いまはマリアンヌの声しか聞こえない。悲鳴とマリアンヌが倒れる音。

次の瞬間、スヴァラのわずか数センチ先を男が通りすぎる。男は扉を乱暴に閉めた。そしてあたりは静まりかえる。

スヴァラは身動きせずに待ち、やがて車が走り去る音が聞こえる。

マリアンヌは床に座りこんでいる。スヴァラはマリアンヌに手を貸して立たせる。キッチンペーパーを取ってきて洟《はな》をかませ、マリアンヌの背中を支えて椅子に座らせた。

「殴られたの？」スヴァラは尋ねる。

「いや、押されただけだ。どれだけ聞いてたんだい？　かわいそうに、とても恐ろしかったろうに」

「警察に行く？」スヴァラは言う。

「いいや、そのつもりはないね。もっとひどいことだって経験した。たとえば結婚してるあいだはずっとね」

「夫にぶたれたの？」スヴァラが尋ね、マリアンヌはうなずく。

「完全な地獄だよ。どんなだったか、誰も想像できやしないだろうね」

スヴァラを除いて。スヴァラはその分野の専門家だ。ひとりの専門家からもうひとりの専門家へ。スヴァラのなかの闇が晴れる。逃げ道はあるのかもしれない。

「そろそろ帰らなきゃ。大丈夫？　在宅看護サービスとかに電話しようか？」

「在宅看護？　まだそこまで老いぼれちゃいないよ、あいつがそんなふうに言っててもね。だが、水を一杯くれないかい。それに、手紙をポストに入れてくれたらありがたいんだがね」

「もちろん」スヴァラはリュックサックを肩にかける。

マリアンヌはスヴァラへ手を差しだす。

「気をつけてね。いつでも好きなときに来ていいんだよ」

第四十九章

「ひどいありさま」ペニラは言う。「ベッドで身動きも取れずに」

ペニラはその後、ようやく眠りに落ちた。服を着たままルーカスのベッドで。ミカエルのことは考えもしなかった。無事だとかなんとか警察は言っていたし。お茶を淹れて植物に水をやり、まずは病院からはじめることにした。おそらくハーラズを通りすぎた直後のカーブでスリップしたのをきっかけに感情がよみがえった。恐怖、後悔、怒り。そう。何にもまして怒り。一年分の怒り。全人生の怒り。

「座らないか?」ミカエルは言って、手を差しだす。

「座らない」ペニラはミカエルに近づいて手を取ろうともしない。「長居できないから」

「気分はどうだ」

「どうだと思うわけ? 子どもが行方不明なのよ。警察はなんの手がかりもつかんでない。何か知ってるんじゃない?」

「動揺してるのはわかるよ。でもどうしてぼくが警察より知ってるわけがある？」

「だって、いつもスクープのことしか考えてないでしょ。ヘンリィのことをすっぱ抜こうとしてるの、わたしが知らないとでも思ってる？　だから虎の牙団の会合に行きたがったんでしょ、見え見えだから！　彼のことが嫌いなのはわかる――そのメッセージははっきり表に現われてるから。でも彼を食い物にしようだなんて、卑劣にもほどがあるわよ。追っかけてる話、ルーカスも関係あるの？」

「おい、やめてくれ」ミカエルはぎこちなく身体を起こす。「ルーカスは孫だ。気にかけていないわけがないじゃないか。こっちだって、おまえと同じぐらい誘拐にショックを受けてるんだ！」

「そう、気にかけてはいるでしょうね。でもあの子が孫だからってだけじゃない。あの子はノートパソコンでこれから書かれる記事でもある。ちゃんとわかってるんだから。退院したらすぐにあちこち探りはじめるんでしょ。町長の継息子が誘拐された。あのクソ『エクスプレッセン』よりひどいじゃない！　いつだって会うときは仕事のこと。大物セレブ記者に手助けが必要で、わたしは馬鹿みたいに手伝いにいく。用事がなければ電話もしてこない。わたしの気持ち、考えたことある？　わたしのことなんて何も知らないでしょう。どこで働いてるのか。何をしてるのか。何ができるのか、何が好きなのか。わたしなんて、いやいや責任を引き受けなきゃいけない余計な娘で、気にかけたことなんてないんでしょ」

「たしかに、いつもいい父親だったわけじゃ――」

「父親らしく振る舞ったことなんて一度もないじゃない。そしていまはヘンリィが悪事を働いたと考えて、それを暴こうとしている。でしょ？　彼の脚にしがみついて、すべての小石をひっくり返すまで放そうとしない。そのせいでわたしがどうなるかなんて気にもせずに。ルーカスもよ。ルーカスには父親はいないけどヘンリィがいる。ルーカスが一週間泊まりにきただけで自分がルーカスにとても重要な存在だと思ってるのは、歪んだ自己イメージ以外の何ものでもないから。うぬぼれなの、わかる？　このクソ馬鹿じじい」

「いいかげんにしてくれ、まったく」ミカエルは大声で言い返す。「ぼくはたしかに聖人じゃないが、悪の化身でもない。たいていのことに汚い指を突っこんでるおまえの聖人ヘンリィ・サロとはちがって、こっちはジャーナリズムという誠実な仕事に取り組んでるんだ。あいつが企んでること、何も知らないのか？　あいつがどっかの地方自治体の大物になろうとするために、おまえとルーカスをどんな危険にさらしてるのか。あと、やつらのあとを追って銃弾を受けたのは誰だ？　ヘンリィ？　ちがう。やつはバーでウェイトレスの気を惹こうとしてた」

「まさにわたしが言ったとおりじゃない。自分の話すら聞いてないんだから。ルーカスはいなくなった。やつらはあの子をじゃがいも袋みたいに抱えて出てった。それなのにあんたは肩にかすり傷を負っただけでここでぬくぬく過ごしてて、ジャーナリストの誠実さがどうとかグズグズ言ってる。連れてかれたのはわたしの子なの。わたしの子！　信じらんない！」ペニラは涙を流す。ドアのほうへ歩いて振り返る。「荷物はまとめといたから。どっかほかに泊まるとこを探して。あと絆創膏を替えてもらうのを忘れずに。バムセ（スウェーデンで人気の熊のキャラクター）の柄のやつ、あるはずだから」

第五十章

「なかなかきつく絞られてたじゃないか！」

ミカエル・ブルムクヴィストは、夜のあいだに別の患者が運ばれてきたことに気づいていなかった。ふたりのスペースはカーテンで仕切られている。手がそれを脇へ寄せる。「大丈夫か？」

大丈夫？　いや。まったく大丈夫じゃない。ペニラの言葉と自分の怒りで頭がガンガンする。最悪なのは、ペニラが正しいことだ。病院で目を覚ましてからずっと、ミカエルは記事の骨格を頭のなかでもてあそんでいた。町議会の仕事がどんなふうに進められ、それが誘拐とどうつながっているのか。自分が撃たれたのはおまけだ。

「うちの娘は短気でね」ミカエルは言うが、なぜそんなことを言っているのか自分でもわからない。

男はのばせるかぎり腕をのばす。「ペール＝ヘンリック・ヒラクだ」

「ミカエル・ブルムクヴィスト」ミカエルは言って、同じ仕草をする。「どうしてここへ？」

「狩りのときのちょっとした事故だ」男は言う。「たいしたことはない。柵を跳びこえようとして、自分の腹を撃っちまったわけだ。二週間ほど別の病棟にいてな。明日にはうちに帰れる」

「なんてことだ」ミカエルは言う。「軽症ですんで運がよかった」

「そう言われたよ」男は言う。

「ヒラク。土地に風力発電所がつくられるのを拒んでる一家じゃないか？　町役場でひらかれた前回の幹部会議の議事録によると、だが」

「ああ、そのとおりだ。全体を考えたら、拒んだところでどうなるわけでもないんだが。おれたちが何を言おうが、計画が前に進んだらトナカイの放牧はあきらめなきゃならん。だからどうってわけでもないがな」ペール＝ヘンリックはそうつけ加えて仰向けになる。「いずれにせよ放牧に未来はない」

「気の滅入る話だな」ミカエルは言う。「建設を差し止める法律はないのかい？」

「風力タービンはトナカイの放牧地を侵さないようにつくるってのが役場の言い分だ。それに、ほかにも放牧に使えるエリアがあるだろってね」

「あるのかい？」

「ああ、だがトナカイをトラックやヘリコプターで運ばなきゃならん。そんなことはできんよ、金の面でな。解決策をあげることで、役場は責任を果たした気になってやがるんだ。それが現実的でなかろうが知ったこっちゃないんだな。ところで、あんたはどうするんだ？　退院するのに娘に追い出されて」

「なんとかなるだろう。たぶんホテルぐらいはあるだろうし」

「詮索するようで悪いんだが」ペール＝ヘンリックは言う。「聞こえちまってね。ヘンリィ・サロは、このあたりじゃ知られてないわけじゃない。で、ニュースを読んだ。銃撃とかについてのやつだ。ガスカスでそんなことが起こるなんてな。男の子の居場所について何か思いあたることはないのか？」

ミカエルは首を横に振る。「ないな、残念ながら」

「噂をすればだ」そう言って、ペール＝ヘンリックはカーテンのうしろに引っこむ。

「ヘンリィ！」ミカエルは言う。「来るとは思ってなかったよ」

「でも来ましたよ」サロは言う。「ボーデンでちょっとした用事がありましてね。調子はどうです？」

「大丈夫。午後には退院だよ」

「よかった、よかった。ひどい出来事ですよ。酔っぱらいの口げんかぐらいは多少あるだろうと思ってましたがね、サブマシンガンが天井に発射されて、ルーカスが……そしてルーカスが……」サロはミカエルのベッドの縁に腰をおろし、両手に顔をうずめた。

「まあ落ちつけよ」ミカエルは言う。「ぼくが……警察が見つけるよ」

「ろくでなしどもが」サロは言う。「子どもを狙うなんて。ぼくのせいだと思います？」

「さあ、きみはどう思うんだい？」

「ぼくは地方自治体の一員にすぎない。みんなぼくを権力者のように思っているが、議会が決めたことをなんでもただ実行するだけですよ。風力発電所をつくる、鉱山をひらく、保育園を閉鎖する。これは何かほかの問題にちがいない。新聞は親権争いの臆測まで書きたててます」サロは前後に身体を揺らす。「あの子を取り戻さないと。あの子は何も悪いことをしていないのに」

「誰の仕業か、思いあたることはないのかい？」

「自分の思いどおりにいかないと、人はいつだって恨みがましくなる。そうじゃないですか？　でも思いあたる人はいませんね……」

「だが、もう少し深く考えてみたら？」ミカエルは言う。

「こっちも同じことを訊きたくなりますよ」サロは言う。「もちろん偶然でしょうがね。あなたがやってきてから土地の所有者がトラブルを起こしはじめて、ペニラはいらいらして、ルーカスは行方不明になった」

「つまりぼくのせいだと？」ミカエルは言う。

「そうは言ってませんがね、そんな噂もある。支部の会合で、あなたがかなりおかしな質問をしていたとみんな思ってるんです。おそらく虎の牙団のモットーをお伝えしてませんでしたね。寛容、友愛、受容です。つまり、いろいろな意見にひらかれている」

〝寛容、友愛、受容〟。「ぼくはジャーナリストだ、ヘンリィ。きみのクラブは身内びいきや非民主的な意思決定があるのではと疑問を抱かせる。それは当然だろう」

「ええ、でもそれは的はずれです。ぼくらは法律の枠内にとどまっている。議会の議題にする前に話しあうことは別に禁じられていませんからね。状況を知っておくと、すでに税金を絞りとられている企業は金を節約できます」

「正式に選ばれた議員が――そこには女性も含まれるわけだが――意見を述べる前に？」

「はいはい」サロは言って立ちあがる。「警告したかっただけですよ。もっと有益なことをできないのならペンを置いて家へ帰ってください。ペニラは心配で取り乱していましてね、言っときますが」

第五十一章

「名探偵カッレ・ブルムクヴィスト……こんなところに隠れてたのね、ノルランドの病院に。結婚式に出ただけでアクション映画になっちゃうんだ」

長かった。あるいは一瞬だった。見方による。だがミカエルはうれしい。うれしいでは足りない。感動した、と言ってもいい。少なくともほっとした。

「リスベット！　ああ、会えてうれしいよ。どうしてここにいるってわかったんだい？」

「わけのわからないメッセージを何通か送ってきたでしょう、あなたらしくない。いつもは〝おじいさんが恋人を探してます〟って感じだから。名探偵に何があったのか確かめといたほうがいいと思ったの。脳卒中で倒れたり耄碌したりしてないか」

妙な人物の登場にペール＝ヘンリックも興味を示す。リスベットはまだ戸口でぐずついていて、座るべきか立ち去るべきか決めかねている。

「ミッケの荷物の下に椅子がある」ペール＝ヘンリックは言う。

「礼儀をわきまえた人がいてくれてよかった」

「ペール＝ヘンリックは自分の腹を撃ってね。ぼくは肩を撃たれた」

「変人病棟ね」リスベットは言うが、ブルムクヴィストの隣のベッドの男を知らないわけではない。少し時間をかけてヒラク一家のことは調べていた。「メッタ・ヒラクのお兄さん？」リスベットが尋ねると、ペール＝ヘンリックの表情が険しくなる。

「ああ。たぶんな」

「たぶん？」リスベットは言う。「じゃあ、メッタに娘がいるのはおそらく知ってるでしょう。お母さんとおばあちゃんが両方いなくなったのに、あんたたちがみんな放ったらかしてる子」

「事情はもっと複雑なんだ」ペール＝ヘンリックは言う。

「わたしには複雑じゃない」リスベットはミカエルをつつく。「行くよ、こんなところで横になってる場合じゃないの。やることがクソみたいにたくさんある。というか、もうはじめてるけど」

「午後には退院の予定なんだが、ペニラに——」

「放りだされた、うん、知ってる。当然だと思う。自分がかなりうざいってことはわかってるでしょう。あなたの変なメッセージが届いたあと、電話しても出ないからペニラに電話したの」

「あいつは怒ってる」ミカエルは言う。

「怯えてる」リスベットは言う。

「フェアじゃない」

「正直なだけよ。どこに泊まるつもり？」

「わからない。ホテルかな」

わたしたちのところには泊まらせない、当然。そんなことをさせるわけがない。手助けはするけど、そのあとは永遠にさようなら。

自分の気持ちに正直になるのです、リスベット。彼には一度傷つけられた。でも、まだ彼のことは好きだ。いまならその気持ちを手放せます。

うるさい、インゲおばさん！

「うちに泊まってもかまわんよ」ペール＝ヘンリックが言う。「部屋ならある」

「スヴァラの部屋はないみたいだけど？」リスベットは言う。

ミカエルはリスベットの腕に手を置く。

「ありがとうペール＝ヘンリック、よろこんでそうさせてもらうよ」

「スヴァラのことは……」ペール＝ヘンリックがあまりにも長いあいだ次の言葉を探しているので、リスベットは出ていこうと立ちあがった。「ふたりでうちの農場を訪ねてきたらどうだ？」

彼がその言葉を口にするのがつらいことはリスベットにもわかる。リスベットの辞書ではこいつらはみんな地獄へ行けばよく、自分の知ったことではないが、これはスヴァラの問題だ。あの子には家が必要だ。ヒラク家が最悪の選択肢だとは思えない。

「彼はきみのことが好きみたいだな」ミカエルは言う。

「こんなに感じのいい女を好きにならない人なんている？」リスベットは言う。

「待ってくれ、そこまで送っていこう」

ふたりは廊下を歩いてエレベーター脇のベンチに座る。

「オーケー、カッレ・ブルムクヴィスト、何からはじめる？」

第五十二章

なに泣きべそかいてんの？

やつらに追われてる。

でも鍵を持ってるでしょ。

この鍵はなんの鍵？

すべてをひらく鍵。


ママ・メッタのように考えるのは、どん底にいるのと同じだ。その場の逃げ道は見つけるけれど、決定的な逃げ道は見つけない。

スヴァラはよくママ・メッタのことを考える。母の選択は理解できる。スヴァラを守るためのものもあれば、自分自身を守るためのものもある。

目の前に道がある。あとはスヴァラが選ぶだけだ。子どもだったことなど一度もないが、子どものままでいるのか。あるいは自分で自分の決断を下すのか。

平安初段、二段、三段。空手の型に思考が入りこむ余地はない。身体だけがバランスを追求する。シャワーを浴びて服を着て、ホテルのドアを閉める。どこかからはじめなければならない。


「ヘンリィ・サロに会いたいんです」スヴァラは言う。「約束はしてないんですけど、内線で訊いてもらえませんか？　スヴァラ・ヒラクです、よろしくお伝えください」

〝礼儀正しさを忘れちゃだめ〟。ママ・メッタは言う。〝礼儀正しさが扉をひらくの〟

「ここに座ってお待ちください」受付係が言う。「間もなくおりてきます」

ヘンリィ・サロは前より取っつきやすく見え、疲れているようでもある。苦しそうに息をしながら、ふたつ上の階のオフィスへ階段であがる。扉を閉めてスヴァラに椅子をすすめた。


特別似ているわけではない。メッタと娘。この名前を聞くと胃が痛くなる。〝メッタ・ヒラクは好きにしてください〟。ブランコがいままさにそうしようとしていたら？　本当にそこまでクレイジーなやつなのか？　国際的な名声のあるビジネスマンが？

「どうしたのかな？」サロは言う。

「あなたの家に侵入しました」

「ごめん、なんのことかわからない。今日？」

「いえ、少し前に」

「でも、うちは侵入の被害は受けていないよ。何もなくなっていない」

「なくなってます」スヴァラは言う。「気づいてないかもだけど。うちの母を知ってますよね。メッタ・ヒラク」

「ああ知ってるよ。幼なじみだ。元気にしてるかい？」

「知りません。いなくなったから。もう死んでるかも」

「どうしてそう思うんだい？」

「居場所を知りませんか」

〝恋しい〟

「いやいや、連絡もしていない」

「でも継父のペーデルは知ってますよね。ペーデル・サンドベリ」

「誰かは知ってる」サロはコーヒーを二杯注ぐ。「コーヒーは飲むよね？」

飲む。

「サンドイッチはどう？」サロは言う。「チーズかレバーパテか」

「チーズをお願いします」

ふたりは軽食を食べながら考える。この子は何かを望んでいる。何かを知っている。

「どうしてぼくと話したかったのかな？」サロは言う。

「侵入の話に戻ると」スヴァラはリュックのなかを探る。毛がぼさぼさの猿を取りだして、はさみを貸してほしいと言う。

「猿のぬいぐるみをルーカスから盗んだのかい？」サロは言う。

おかしな状況だ。だがこの子は真剣そのものだ。サロははさみを渡す。

スヴァラはぬいぐるみに小さな穴をあけて薬ケースを引っぱりだす。サロの鼻の下でそれを振り、何かわかるかと尋ねる。

「こんなことをしてる暇はない」サロは言う。「何が言いたいんだ」

「死体動物園の金庫」スヴァラは言う。「二十二着の紺色スーツのうしろの」

「不可能だ」サロは言う。「暗証番号はぼくしか知らない」

「あなたとあたしね」スヴァラは言う。「FQZ0081VG。ママ・メッタから鍵を受けとったのは知ってる。ママが鍵を渡したんだから、信用してたんだろうね。なぜかはわかんないけど。記事を読むたびに思うから。信頼できない人だって」

とてもおかしな話し方をする子だ。この年ごろの子とは思えない。異様に早熟な子には、ふたつの道しか存在しない。若死にするか、大成功を収めるか。いまはサロを捕まえた。

「きみのお母さんのことを愛している」。まったく思いがけずサロの口から出て、ふたりとも飛びあがるほど驚いた。

「浮気してるってこと？」スヴァラは尋ねる。「結婚したばかりだと思ってた。ペニラとかなんとかいう人と」

「メッタとはずっと昔に付きあっていたんだが、いろいろ事情があってね」

正確には身長二メートルのアルビノの怪物だが、この子には話せない。自分の向かいに座っているのが、あのいまいましい大男の子とはとても思えない。

「きみのお母さんは……なんて言えばいいんだ？　特別だ」

「男たちはそう思うみたいだね」スヴァラは言って鍵の話に戻る。「どこをあける鍵なの？」

「それは言えない」サロは答える。「知らないからね」

この男は嘘をついている？　もちろんついている。子どもに嘘をつくのは簡単だ。大人はみんな嘘をつく。

「どこの鍵か言わないわけね」

「言わない。それをきみに盗まれただけでもさんざんだ。警察に通報すべきかもな」

「それか、こっちが通報すべきかも」スヴァラはまたリュックのなかを掘りかえす。「共通の知り合いがいるんだけど」スヴァラは言う。「マリアンヌ・リエカット」

あらためて考えると、サロはそのリュックに見憶えがある。キッチンの長椅子にあった、少女っぽい水色のリュック。場ちがいな感じがした。古くてみすぼらしいキッチンにそぐわない印象を受けたが、尋ねている暇はなかった。

脅迫はあらゆる方向からやってくるようだ。その中心に自分が立っている。両腕を広げ、蚊の大群のように毒矢が身体を突き刺す。

「あたしもそこにいたんだ」スヴァラは携帯電話を見せる。「雑音が入っててごめん。どこの鍵か教えてくれたら、このファイルは削除する。じゃなきゃ転送する」

窓の外では、町を流れる川が灰色のヤマカガシのように渦を巻いている。そろそろ潮時かもしれない。すべてから解放されたらどれほど楽だろう。岩から一歩踏みだすだけでいい。

「わかった」サロは言う。

「嘘はなしね」スヴァラは言う。

サロはため息をつく。「嘘はなしだ。どこの鍵か、正確にはわからない」これは事実だ。「個人的な考えを知りたいのなら、私書箱の鍵じゃないかと思う。あるいは貸金庫かもしれない。きみのお母さんに預かってほしいと頼まれたんだ」

「ママ、ほかに何か言ってた？」スヴァラは尋ねる。

「いや」サロは言う。


メッタはサロの腕のなかで横たわり、彼の髪に指を通す。柔らかな午後の暗さが部屋を満たす。つかの間の安らぎ。サロはそうした時間の一つひとつを憶えている。

「お願いがあるの」メッタは言い、ベッドサイドの照明をつける。真剣だ。そのときのメッタはあまりにも美しく、サロはどぎまぎした。

「なんでもお望みどおりに」サロは言う。

「たいしたことじゃないの」メッタはサロの手に鍵をのせる。「これを預かってくれる？　どこか鍵のかかる場所にしまっておくか、隠しておいて」

「なんの鍵だい？」

「そんなことはどうでもいいの」メッタは言う。「でも、もしわたしが死んだら。わたしが死んだときには。それをスヴァラに渡してほしいの。あの子にしか意味のないものだから」

「わかった」スヴァラは言う。「信じる」携帯電話をかかげて動画を削除する。「ちなみにマリアンヌへの戦略、まちがってるよ。すごくいい人なんだから。あの人のこと、わかってないでしょ」

いまいましいガキだ。なんでも知ってると思っていやがる。あの老女のことを考えただけで、サロはまた怒りに燃える。何もかもあいつのせいだ。このクソいまいましいゴタゴタは、すべてあいつではじまってあいつで終わる。

「最後にひとつ。ママ・メッタの居場所、知ってる？」

サロは首を横に振る。「残念ながら知らない。知ってたらそこへ行って連れてかえってくるよ」

第五十三章

「悪いがタイヤを蹴るのはやめてくれ。四万二千、これ以上はまからねえ。数年前のだが、七万キロなんてディーゼル車には屁《へ》でもない」

「四万、それ以上は一クローナも出さない」リスベットは言う。「一ヵ月もたなかったらあんたの家、知ってるからね」

「Ｓｗｉｓｈのアプリで送金してくれてもいい」男は言って、番号をすらすらと書く。

「いやだ」リスベットは言い、サービスと銀行口座をリンクする危険についてちょっとした講義をする。異なるデバイスを互いに接続するのはさらに危ない。

男は中庭のほうをじっと見て、煙草に火をつける。

「買うのか、買わねえのか?」

フォード・レンジャーの費用は、いざというときのための銀行口座から払う。前に残高を確認したのは、フィスカル通りのアパートを買い戻したときだった。少なくとも二年前だ。それ以来、リスベットのもとには給料と出資分の利息が毎月振りこまれているようだ。アルマンスキーはリスベットの働きを高く評価しているのにちがいない。

車のまわりをもう一周して、タイヤを一つひとつしっかり蹴る。

「これ、ひと冬もつの？」

「女のドライバーなら最低でもふた冬もつ」

このなかでめめしいのはあんただけだけど、とは口にしない。車が必要だ。リスベットは札束を手渡して男に数えさせる。書類に署名して握手したあと、男は五百クローナ札を一枚リスベットに返す。

「数えまちがいだ」男は言う。

「知ってる」リスベットは言う。

男は首を横に振って、女について何やらぶつぶつ言う。

「ところで」リスベットは言う。「あそこにあるスノーモービル、あれも売り物？」

「冗談だろ。あれを売るぐらいなら女房を売る」

「いなくてよかったね」リスベットはスヴァラに小声で言う。

「どうしてあんなに感じ悪くしなきゃいけないの？」未舗装のでこぼこ道を車で走りながらスヴァラが言う。「車を売ろうとしてただけじゃん。あの人のお母さん、先週死んだんだよ。うちのおばあちゃんの友だちのアン＝ブリット」

「行く前に教えてよ」リスベットは言う。「ヒラクの家までの道はわかる？」

「セキセイインコは鳥かごに住んでる？」

「行ったことないんだと思ってた」リスベットは言う。

「会ったことないからって、行ったことないわけじゃないよ」スヴァラは言って、交差点を右折する。

次の質問が口の先まで出かかったが、リスベットは我慢した。スヴァラの感情をかきたてると、自分の気持ちのことまで考えだしかねない。場合によっては、いやむしろたいていの場合、感じるのはあとにするほうがいい。あるいは、そもそも感じないようにするか。

「ブレーキ、いい感じ」スヴァラは言う。「ギアボックスも調子いいよ」

スヴァラは座席をいちばん前へ引いている。頭はかろうじてハンドルの上まで届いている。自動車学校教官のリスベットは、ミラーをつねに確認しろと念を押す必要すらない。スヴァラは前にも運転したことがある。

「警察に出くわす危険はないの？」

「どうでもよくない？」スヴァラは言う。「やつらの扱い方、知ってるみたいだし」

〝いったいどういう意味？〟

「ＴｉｋＴｏｋって聞いたことないでしょ」

「あるに決まってるでしょう」リスベットは言う。「子どもがつるむ場所」

「パソコンオタクだと思ってた」スヴァラは言う。「あとセキュリティー業界で働いてるって」

「なんの関係があるの？」

「ＴｉｋＴｏｋにあんたとイェシカ・ハルネスクが主役の動画がふたつあがってるよ。みんなイェシカのことは知ってる。最低でも年に一度は学校にドラッグの話をしにくるからね。みんなあの人のこと好きなんだ。とくに数学の授業がつぶれるときは」

「車をとめて！」リスベットは言う。「ほら、そこの待避所に寄せて。エンジンを切って」

「凍えるよ」

「いいから。エンジンを切って、いま言ったことをもう一度言って」

「ひとつの動画ではふたりで踊ってて、もうひとつではソファに座ってる」スヴァラは携帯電話を取りだす。

カワカマスがアシの茂みにいる場所
狐が玄関にしのびよる
密造酒がガレージで泡をたてる
それが故郷と呼びたい場所

「踊ってただけでしょう」リスベットは言う。「だからなんだっていうの？」

「あたしは気にしないけどさ、自分のおばだって思うと、なんか恥ずかしいかも」

スヴァラは携帯電話の向きを変え、リスベットが見られるようにする。

〝一週間ずっと考えていた唇。髪。バービーみたいな脚。それに、ほかのいろいろ……知らない町の知らない人間。ふたりで話したこと。気安さ。自由〟

「誰がアップロードしたの？」

「ヘンケなんとかっていう人」

〝ごていねいにどうも。あの男、あきらめが悪いな〟

〝そろそろこっちが境界線を引いたほうがいいのかも〟

「たぶん席替わったほうがいいよね」スヴァラが言う。「子どもに運転させるのがどれだけ馬鹿なことか、わかってるでしょ。いま捕まったら、あとであたし運転免許とれなくなるじゃん」

「いい？」リスベットはスヴァラのあごをつかみ、顔を自分のほうへ向けさせる。「わたしはあんたの母親じゃない。たまたまあんたのおばで、言わせてもらうなら、望んでなったわけじゃまったくない。あんたが運転したがった。それで望みどおりにした。自分の行動に責任を持って、どっかの生意気なガキみたいに他人のせいにしようとするのはやめなさい」

「そっちがダメって言うべきだった」

「あんたが頼むべきじゃなかったの」

第五十四章

ヒラク家の農場は、ガスカス周辺に昔からある農場と変わらない。白い柱の赤い家、それと直角に配置されたより小さな建物、使い古された牛小屋。ふたりが車をおりると、囲いのなかの三匹のスピッツが激しく吠えはじめる。

スヴァラは躊躇《ちゅうちょ》している。フードをかぶり、目は地面に向けたままだ。

リスベットはあたりを見まわす。家はまっ暗だ。誰もいないのではないか。スヴァラは不安なようだ。〝ごめん、気持ちはわかるよ。わたしもがんばるから〟

「ドアベルを鳴らしてみよう」リスベットは言うが、誰も出てこない。「おかしいね。四時って言ったよね？」

「牛舎に明かりがついてる」

「ギュウシャ？」リスベットは言う。

「牛小屋のことね」一つひとつの音節を強調しながらスヴァラは言い、誰かの足跡をたどって半びらきの扉へ向かう。

　皮を剝がれた動物の死体がいくつも吊るされている。だが何より奇妙な光景は、血まみれのビニールエプロンを身につけてトナカイの死体をせっせと切り分けるミカエル・ブルムクヴィストの姿だ。ひとりではない。ペール＝ヘンリック・ヒラクがミカエルの手のナイフに全神経を集中させている。

「やあ」ふたりを見るとペール＝ヘンリックは言い、すぐにトナカイへ視線を戻す。

「ご覧のとおり、精肉店の見習いにされてしまってね」ミカエルは言う。「ストックホルムのベジタリアンには簡単な仕事じゃない」

「前にも言ったけど、ベジタリアンになるのは軟弱者だけだから」リスベットは言う。

「尻肉を厚く切りすぎたら外腿肉がなくなっちゃうよ」スヴァラが言う。

「ナイフを専門家に渡したほうがよさそうだな」ペール＝ヘンリックはミカエルに言い、スヴァラに向かってうなずく。

〝皮肉だね。できちゃいけないことをやってのけると、いつだってそう。何かを学ぶ意味なんてあるの？　学ぶとすれば口を閉じておくことだ〟

「あっちにエプロンがある。あの雌牛と子牛は車道に迷いこんだんだ。雌牛も解体する」

　ウンナ・ゲーツル・ヴァッリスタ、ヴァッリスタ、ヴァッリスタ。

　ウンナ・ゲーツル・ヴァッリスタ、イエトヤン・ヴァルダヴ・ドゥヴ。

　ママ・メッタ、どうすればいいのかわからない。

何言ってるの、小さなカタツムリちゃん、やり方は知ってるでしょ。まず身体をふたつに切り分けて、すぐにヒレを取りだせるようにする。次に椎骨のあいだの鞍下肉を切り落とせば、レストランはお気に入りの部位を手に入れられる。

死体は重たい。大腿骨と格闘しなければならない。よろめきながらなんとか作業台にのせる。次は親指を使ってサーロイン・ティップを取りだすの。ヒレの横に肉片を並べる。尻肉、サーロイン、膝関節の肉、外腿肉、ランプロース。腕はくたくたで、出血している指もある。

「もう片方はおれがやろう」ペール＝ヘンリックが言う。「シチュー用の肉をきれいにしてくれ。で、あんたは」リスベットに向かってペール＝ヘンリックは言う。「ナイフを使いこなせそうだな。ミカエルには袋詰めをやってもらうしかない」マーカーペンを投げて渡す。「今日の日付、肉の部位、所有者。今回はメッタだ。いや、スヴァラかな」ペール＝ヘンリックはスヴァラを見る。「スヴァラって書いとけ」

あんたはラップ人で、あんたにはトナカイがいる。
あんたの名前はサーミ語なのよ。
サーミ＝サーミ、あんたには印がある。それを忘れないで。
あたしの頭のなかで話すんじゃなくて、戻ってこられないの？

もうすぐね。片づけなきゃいけないことがいくつかあるの。それが終わったら帰るから。

メッタの妹、ラウラ・ヒラクが薄パンをふたつにちぎり、沸騰した煮出し汁に入れる。レードルで肉片をすくって皿にのせ、プディングのように膨らんで柔らかくなった薄パンを添える。

「スープに浸したパンにバターをたくさんつけて食べるんだ」ラウラはスヴァラの前に皿を置く。「まず肉を食べな、腹に余裕があるうちにね」

「肉は食べない」スヴァラが言う。

「わかるよ」ラウラは言う。「あたしも鶏肉や店で買った肉は食べないけどね、これはトナカイだ。こんなに自然な食べ物はない」

「この動物、殺して人間の食べ物にしてって頼んだわけじゃないし」スヴァラは言って、くたくたになった薄パンを少し切る。

「そもそもだな、トナカイが少しでも残ってるのはありがてえんだ」メッタの兄、エリアスが言う。「おまえの親父が全力で――」

「その話はまたにしようよ」ラウラが割って入る。「この子のせいじゃないんだからさ」

「ああ、だがあいつの遺伝子を受け継いでる」エリアスは言う。「あとメッタのな」

「何がこの子のせいじゃないって？」リスベットが言う。「そこまで話したんなら、最後まで話して」

兄妹は顔を見あわせる。膿を出してしまったほうがいいのでは？

「そういうことなら」エリアスが言う。「メッタ、つまりこの子の母親だが、あいつはほかの兄妹とはちがった。腰を落ちつけようとせず、世界を見たがってた。親父が悪いんだ。あいつの頭に吹きこんだんだな。おまえには才能がある、それを無駄にするな、普通の人生で終わるようなやつじゃない、って言い張って」

「見る目のある親みたいだけど」リスベットは言い、苛立《いらだ》ちのこもった目でにらみつけられる。

「生きてたときのメッタは――」

「ママが死んだみたいにしゃべるのやめてくれる？」スヴァラが口を挟む。

「死んでないっていうのか？」エリアスは言う。

スヴァラは乱暴に席を立ち、椅子がうしろに倒れる。ブーツを履いて上着をつかみ、外へ出て激しく扉を閉めた。

「あんなこと言う必要あった？」ラウラが言う。

「ああ、おれの考えではな」

「つづきを話しといて。あたしはあの子のようすを見てくる」

「話してほしい」リスベットは言う。「スヴァラのせいだっていう、ヒラク一家の不幸をぜんぶ知りたい。十三歳にしては、かなりのやり手みたいだし」

「あの子のせいじゃない」ペール＝ヘンリックが言う。「メッタと親父のせいだ。メッタは親父の言うとおりにして、特別な何かになるために家を出てった。数年後に帰ってきたときには、本格的な薬物依存症患者になっていてな、あの子の父親、ロナルド・ニーダーマンといっしょだった。あいつらはストックホルムで出会ったんだ。ある日、ふたりでここに来て、農場のメッタの持ち分を要求した。親はまだどっちも生きてるのにだぞ。あいつらは金を必要としてたんだ。親父はいつもメッタには甘くてな、拒めなかった。これからはじめるっていう商売の話をメッタがでっちあげて、親父は財布をひらいた。たいした金があったわけじゃない。トナカイを飼って金持ちになるやつなんていないからな。だが、親父は長年のあいだに多少は貯めてたのにちがいない。そのあとすぐ、ふたりはストックホルムに戻って、二年ほど音沙汰がなかったんだが、ある日、ぼろぼろになったメッタが中庭に立ってたんだ。全身ほとんどくまなく黒と青のあざができてて、骨折したり傷つけられたりしててな。うちで暮らさせてやった。クスリの問題は克服して、市議会で仕事を見つけた。芸術家の夢がどうとかいうたわごとは、一切口にしなくなった、ありがたいことにな。ヘンリィとよりを戻して、昔のあいつに戻った」

「あのヘンリィか……?」ミカエルが言う。

「ああ」ペール＝ヘンリックは言う。「サロ。ずいぶん長い付きあいだ。子ども時代はいつもいっしょだった。ふたりがいっしょにいるのを親父はあまりうれしがっちゃいなかったが。丘の上のジプシーのガキって呼んでたが、ヘンリィにとくに問題があったわけじゃない。少なくとも当時はな。メッタが妊娠さえしてなければ、ぜんぶうまくいってただろうよ。父子鑑定をしてみたら、当たりを引いたのはニーダーマンだ。そっからほんとの地獄がはじまった」

第五十五章

スヴァラは、犬の囲いの金網フェンスに手を突っこむ。ライカ犬は距離をとっているが、ノルボッテン・スピッツたちはかまってもらってよろこんでいる。ライカ犬に目を向けたままスヴァラは入口をあけ、ひっくり返したバケツに座る。スピッツたちは競ってスヴァラの気を惹こうとする。スヴァラはその子たちをなで、スピッツたちはお返しにスヴァラを舐める。ライカ犬が近づいてくるのが目の端に見える。

犬の囲いにスヴァラがいるのを見て、ラウラは驚いて足を止めた。警告しておくべきだったが、なかに入ろうとするなんて思ってもみなかった。年老いたあの雌犬は、とっくの昔に殺処分しておくべきだった。すぐにそこから出ろと大声で呼びかけるわけにはいかない。急な動きが少しでもあれば、あの雌犬は攻撃に移るだろう。

ほんの数メートル離れたところから、スヴァラは手を差しだす。

「怖がってるんでしょ」スヴァラは言う。「でも、あたしの手を舐めるぐらいの勇気はあるよね。あんたの主人はあんまりいい人じゃなさそう。噛んでやりたい気持ちはわかるよ。ママ・メッタがあんたのことをよく話してた。ママが戻ってきたら、ここに来てうちに連れてかえってあげる」

ラウラは驚いた。雌犬はスヴァラの横に座る。頭をスヴァラの膝にのせてなでてもらう。

ウンナ・ゲーツル・ヴァッリスタ、ヴァッリスタ、ヴァッリスタ。

ウンナ・ゲーツル・ヴァッリスタ、イエトヤン・ヴァルダヴ・ドゥヴ。

「あたしは〈小さなカタツムリ〉の歌しか知らないんだ」スヴァラは言う。

ラウラはそっとスヴァラたちに近づく。ライカ犬がうなり声をあげる。

「この子、おばさんたちのこと嫌ってる」スヴァラは言う。

「そのようだね」ラウラが言う。「メッタも同じだ。自分の犬は連れていくべきだったんだよ」

「うちにいたら、いい暮らしができなかったと思う」スヴァラは言う。「ペーデルが犬を怖がるから。あたしの本当のパパ、知ってるんでしょ?」

「知ってるも何も……」

「どんな人だった?」

「あんたを引きとりに戻ってきたんだよ。ドイツの家族のとこで育てたいってね。あんたはまだ生まれたばかりだった。兄さんたちがなんとか追い払ってはくれたけど、あきらめなかった。あいつは……なんていうんだろうね……恐ろしい人だったよ。そして夏が来た。放牧してたトナカイを所有者ごとの群れに分ける時期でさ、子トナカイのマーキングのためにトナカイが集められてた。メッタは」

ラウラは躊躇してから言う。「姿を消して、あんたをここに置いてったんだ。書き置きをキッチンのテーブルに残してね。〝あの子をよろしく〟って」

「誰があたしの面倒を見たの？」スヴァラは言う。

「あたしだよ」ラウラは言う。「カバノキの樹皮のしょいこにあんたを入れて、背中におぶってたんだ。その日は遅くなって、みんなうちに帰った」ラウラは話をつづける。「父さんは教えてくれなかったんだけどね、その数日前にニーダーマンが電話してきてた。次の日にトナカイの囲いに戻ると、トナカイたちが地面に横たわってたんだ。撃たれたのもいれば、刺されたのもいる。まだ生きてるのも何頭かいたけど、ひどい傷を負っててね。まるで狼の群れが通りぬけてったみたいだったよ。おぞましいもんさ。トナカイをほとんど失ったんだ」

「でもママ・メッタは戻ってきたんでしょ？」スヴァラは言う。

「ああ、戻ってきた。あんたの父親が死んだらね。だが、代わりにペーデル・サンドベリを連れてきた。自分を助けてくれて、あんたも助けてくれたって言ってね。で、ふたりはあんたを連れにきたんだ。父さんとあんたのおじさんたちは、メッタを止めようとしたんだよ。当時からペーデル・サンドベリは札つきの悪党だったからね。でも、ニーダーマンのことである意味じゃ借りがあるって言ってさ」

「ペーデルがあたしのパパを殺したの？」

「メッタの話だと、そうじゃない。自分で死に向かってったんだって、それだけさ。あんたは顔をまっ赤にして大声で泣き叫んだよ。〝リ、リ〟って叫んでた。イヤだ、イヤだってね、メッタが抱きあげようとすると」

「あたし、サーミ語を話してたの？」驚きのこもった声でスヴァラは言う。

「もちろんさ。とても上手だったし、それだけじゃない。最初の言葉を話したのは、生まれてたった数カ月のときだった」

「なんて言ったの？」

「エアドニ」ラウラは言う。「お母さん」

「おかしいね」スヴァラは言う。「ママ・メッタはいなかったのに」ラウラは何も言わない。スヴァラのほうを向くと、目がうるんでいる。

「エリアスからメッタへの最後の言葉は厳しかった。〝出ていくんなら、もう戻ってくるな〟ってね。〝おまえもこの子も〟」

「あたしたちを放りだしたんだ」スヴァラは言う。

「理解しろって言ってもむずかしいだろうけどね、メッタは不幸を引き寄せるんだ。すでに失ったもののうえに、さらに失うわけにはいかなかった」

「あたしは？」

「あんたは」ラウラはいやがるスヴァラの腕をなでようとする。「あたしはいつだって、あんたが戻ってくるのを待ってたよ」

ライカ犬がのろのろと水入れへ向かう。ほかの犬たちは地面に身体をのばしている。雨雲が川の向こうからやってきて、解体した肉の残りを求めて狗鷲《いぬわし》が鋭い声をあげる。

「あたしがここで好かれない理由がわかった」スヴァラは立ちあがる。「もううちに帰るね」

第五十六章

《ガスカッセン――世界のなかのあなたの場所》

ミカエル・ブルムクヴィストはあきれて首を振りながら、地方新聞社の正面入口にぶらりと足を踏みいれる。ニュース編集室へ向かい、編集長を見つけた。オープンプランのオフィスの奥の個室で机に足をのせて座っている。

「ああ、どうもブルムクヴィストさん、おこしくださりありがとうございます。コーヒーでもいかがです?」内線電話のボタンを押し、数分後にはそれぞれ手にカップを持っていた。

「さて」ヤン・スティエンベリは言う。「この町でいろいろなことが起こっていますね。お孫さんについて、何か知らせはありました?」

「残念ながら」ミカエルは言う。「警察はなんの手がかりも見つけられていないようだ。そんなにむずかしいことなのかな?」

「森は深いですからね」スティエンベリは言う。「それに世界は大きい。ただ当然、すべては誘拐の動機によります」

「それはそうだね」ミカエルは言う。「ぼくはここで何をすればいいんだい?」

「完全にお任せしますよ」スティエンベリは言う。「チームはわくわくしながら待ち構えてます」チームのひとりはあまりにもわくわくしていて、聖書を読むモルモン教徒のように速歩競馬の雑誌に読みふけっている。ミカエルが自己紹介しても顔すらあげない。

一九九〇年代はじめから、雑誌『ミレニアム』で働いてきました」ミカエルが言うと、誰かが手をあげる。

「廃刊になったんじゃないですか?」

「印刷版はね、だがポッドキャストがある」

「ええ、知ってます」手をあげた人物が言う。「でも、あなたがまだいたとは知らなかった」ミカエルは咳払いする。「たしかにそうだ、長期休暇をとっていてね。まあ来年はどうなるかだな。ところで、ここはどうなんだい? 深く掘り下げる仕事は誰が担当してるのかな?」

「おまえだろ、な、アンナ。ガーデニング好きだし」競馬雑誌のうしろの声が言い、みんなが笑う。

「そういう担当者はいません」そのアンナが言う。「みんなでできるかぎり協力しています」

「で、それはうまくいっていると思う?」

「先週、ガスカスＩＫの資金調達の件があって。あれはよかった」

「記事が? それともアイスホッケー・チームの資金調達が?」その記事はミカエルも読んだ。ガスカスＩＫの財政状況は、地元ビジネス界と町議会に支えられて安定しているという内容だ。記事自体は悪くなかったが、表面的でひどく肯定的だった。それを書いた記者は、わかりきった答えですませていた。調査報道が、ありきたりでおざなりな仕事に成りさがっていた。

「どっちもです」アンナは言う。

「ほかにも例はないかな？」ミカエルは言う。「誘拐事件の報道についてはどう思う？」

〝ルーカスのことを話しているのは現実と思えない。まるで自分の孫じゃないみたいに〟

「当初は記者ふたりであたってましたけど、いまはおれだけです」

「名前は？」

「ヤンネ・ボーリン」

「やあ、ヤンネ。いまはどんな方法でやってるんだい？　おそらく、警察が行くところへいまもついてってる？」

「そのとおりだね」ヤンネは言う。「サロの家の外に『エクスプレッセン』のガキどもと張りついていたんだが、サロは極力目立たないようにしてる。あなたの娘さんもね。ペニラ、とかなんとかいったっけ」

〝とかなんとかいったっけ〟

「そっとしておいてほしいんだろう」ミカエルは言う。「ほかには何か？」

「いや」ヤンネは言う。「警察じゃあいちばん上玉の若い女警官が演台に立って、しきりに記者会見をやってるがね、〈フラッシュバック〉の掲示板に書きこまれてない新情報は何も出てこない」

「〈フラッシュバック〉の書きこみで、地元のことを知っているきみたちが具体的な出来事と結びつけられることは？」

「おもに行方不明者たちと、それに無関心らしい警察のことですね」アンナが言う。「とにかくドラッグ関連の失踪には無関心です。ノルランドにとってのガスカスは、ストックホルムにとってのヤルヴァフェルトなんです。ここでは犯罪ネットワークが放置されていて、のうのうと活動してる。ヤルヴァフェルトと同じですね。ただ、そこまで派手じゃないってだけ。銃撃はない。若者がただ掃きだめに消えるだけです。たまに沼に頭を突っこんだ状態で発見されるけど、大部分は見つからない」

「純粋に記者の視点から見て、その見解をどう思う？」

「〈フラッシュバック〉はクソだと思うね」ヤンネが言う。

「火のないところに煙は立たない」アンナが言う。

「まさに」ミカエルは言う。「ぼくなら書きこみのうちいくつかを調査するだろうな」

午前はあっという間に過ぎ去る。十二時ぴったりにみんな昼食をとりに出た。ミカエルは部屋に残り、いつもは見習いが使うパソコンを借りてその前に座り、アーカイブを閲覧する。まずヘンリィ・サロで調べると、検索結果は三千件をこえた。数を減らすために「サロ」の前にマイナスをつけ、ヘンリィを括弧でくくる。それでも数百件がヒットする。その大部分が二〇〇〇年代はじめのもので、ガスカスの有名ホッケー選手でカナダ人のポール・ヘンリィについての記事だ。

方法を変え、時代をさかのぼって年で検索する。十二時五十五分、捜していたものを見つけた。一九九一年七月三日。見出しは「薪割り機の事故で少年が指を失う」。小見出しは「ネグレクトの疑いにより、未成年者ふたりを保護」。

バルク。養子になる前のヘンリィの名字。ヨアル・バルク。ヘンリィの弟。

名前をメモして検索ウインドウを閉じていると、記者がぽつぽつ戻ってきた。

「さて」ミカエルは言う。「誘拐のほか、この一カ月でどんな出来事について書いた？」

「失踪した難民少女、あの子の記事がいくつかあったな」ヤンネ・ボーリンが言う。「ほかは屋内マーケットと、産科病棟閉鎖の記事がたくさんあった。あとは当然ホッケーだね。ガスカスはかなり調子がいい。リーグで二位につけてるんだ。この調子だとＳＨＬに昇格できるかもしれない」

「それに、もちろん鉱山の計画もですね」アンナが言う。「でも、それについてはＴＴ通信社の配信記事をたくさん使いました。風力発電所の件も同じです。建設がはじまるまで、書くことはあまりありませんから」

「どういう意味だい？」ミカエルは言う。

「風力発電所が完成したら、開所式のことを伝えられるでしょうけど、いま進んでいるのは事業計画だけですから」

「建設予定地周辺の地元住民のことは？」ミカエルは言う。「環境活動家や土地の所有者からの抗議、それに興味はないのかい？　あるいはミーミル鉱業の計画と、それをめぐるいろんな諍《いさか》いとか？」

「あまり興味はないですね」アンナが言う。「みんなグレタ・トゥンベリとその仲間たちにうんざりしてるみたい」

「それは誰のせい？」ミカエルは言う。

「グレタ自身だろ」ヤンネが言う。「ここじゃあ、誰もあいつにかまってる暇はない。車を使うほかに選択肢がないんだからな。みんな電気自動車を運転すべきだなんて考えは、親が金持ちのティーンエイジャーしか思いつかないね」

ミカエルは少し間を置いて心を落ちつかせる。思っていたよりもひどい。

「わかった」ミカエルは言う。「気候変動のことをみんなが話さなくなったのは、政治家じゃなくてメディアのせいだって言ったら、なんて答える？」

「どういう意味ですか？」アンナが尋ねる。

「きみたちはまるで羊の群れだって意味だ」その日の新聞を振りながらミカエルは言う。「同じ土地でみんないっしょに牧草を食って、群れ全体で次の土地へ移動する。いま取りあげてるのは、犯罪と刑罰のことだろう？」

「それは重要だよ」ヤンネが言う。「先週、夏の別荘への侵入を特集した。みんなとても心配してるからね」

「ガスカスでさえも？」

記者たちは横目で視線を交わす。「ここじゃあ、そうでもないかも」アンナが言う。

「何言ってんだ、ここでもだ」ヤンネが言う。「移民たちがこぞってやってきてる。やつらが仕事を逃れるために何を思いつくか、わかったもんじゃない」

「きみはレイシストか？」ミカエルは正面きって尋ねる。

「好きなように呼んでもらってかまわんが、ガスカスにはリンケビューみたいなひどいスラム街になってもらいたくないね」

「そうか」ミカエルは言う。「うーん、じゃあスヴァーヴェルシェー・オートバイクラブについて話そうか」

「あの人たちのことといえば」アンナが言う。「去年の夏、小児がん基金のために十四万クローナも集めたんです。たしかにごろつきみたいな外見ですけど、あんなに親切なことする人います？　とにかく犯罪者はそんなことしませんよね」

「ぜんぶ見せかけだったら？」ミカエルは言う。

しかしそこで三時になり、コーヒーとデニッシュに誘われてみんな席を立つ。

「アーカイブのパスワードは？」みんなが出ていく前にミカエルは尋ねた。「きみたちのために何かいい話題を見つけたいんだが」

「hejagasskas（がんばれ《ガスカス》）、ぜんぶ小文字です」アンナが言う。

休憩のあとミカエルは、何度も掲載されている冬に暖房を使えない人についての記事と、電力価格を例に話をした。

「ひどい話だ」ヤンネ・ボーリンが言う。「ずっと働いてきた年金生活者が電気代を払えないんだからな。おれたちの国は、いったいどうなっちまったんだか」

「きみの言うとおりだ」ミカエルは言う。「だが問題の本質に迫ってみるのはどうかな？　国の電力の大部分を発電する地域で暮らしているのに、どうして電力価格が倍になったのか」

「ダール川から上はスウェーデンから切り離せばいい」ヤンネ・ボーリンが言う。「そして資源をここにとどめる。それがおれの提案だね」

「とても独創的だ」ミカエルは言う。「政治家にならなかったのが驚きだよ」

歯科医の予約があると言ってヤンネ・ボーリンが出ていくと、空気が軽くなった。調査報道研修の一日は出だしでつまずいたが、ミカエルにはふたりの若手記者の心をつかんだ手ごたえがあった。どちらも『ミレニアム』のことは聞いたことがなく、おそらくミカエルに憧れを抱いているわけではないが、それでも話には興味をひかれたようだ。一日の終わりには綿密な調査計画をつくった。そこにはサロと虎の牙団も含まれ、次のようなキーワードが赤字で強調されている。腐敗、競争法違反、非民主的な意思決定、そして最後にKGBこと町立ガスカス会社。

「忘れないでほしい」ブレザーの上にさらにもう一枚レザージャケットを羽織りながらミカエルは言う。「質問の質が答えの質を決める。仕事を終わらせようとして単純な答えで間にあわせちゃいけない。もっと深く掘れそうなら、頼んでさらに時間をとってもらうべきだ。不愉快な質問をするべきだ。否定も一種の回答だ。ためらいは突破口で、嘘は何かを隠そうとする煙幕だ。次回は信頼できる情報源、なんなら忠実でさえある情報源について話そう。それでは！」

第五十七章

一段飛ばしで階段をおり、広場を突っ切ってホテルへ入る。バーへ向かってビールを注文すると、すぐに肩の痛みがやわらいで鼓動が落ちついた。これが必要だ。

「ミカエル・ブルムクヴィスト。ひさしぶりだな」

ミカエルは振り向く。ひょっとしたら会うかもしれないとは思っていた。どこかで出くわさなかったらおかしい。そう、目の前にハンス・ファステがいる。前より少し太り、歳をとって見えるが、同じうつろな目をしている。わざとらしい歪んだ笑みを浮かべた顔は、まるで半分が麻痺しているかのようだ。誰でも気分が重たくなる。

「二、三日前にきみを見た気がしたんだ」ミカエルは言う。「どうしてここへ来たんだい？　ストックホルムには飽きた？」

「ハハ。そうじゃない。重大犯罪班の責任者になってな。経験があって頼れる警官が求められてたわけだ」

「で、きみに白羽の矢が立った？」

「男にはカネがあった、いやコネがあった。妻がここの出身でな」

「それでいきなり大事件を担当しているわけか。誘拐事件の新情報は？」

「新聞屋に話すことはない」

「記者として尋ねてるわけじゃない」ミカエルは言う。「あの子は孫なんだ」

「なんだと。たしかに新聞で名前は目にしたが、つながってるとは思ってなかった。じゃあ、撃たれたのはおまえなのか？」ファステは言う。「復活に乾杯だ！」

「ただのかすり傷だよ。警察が誰も拘束してないのは驚きじゃないか？」ミカエルは言う。「わずかな手がかりさえつかめないのなら、きみがボスにふさわしい人間か、同僚たちは疑いはじめるべきだと思うがね」

「意地悪なことを言うやつだ」ファステは言う。「こっちは警察としてプロらしく動いてるんだ、ちゃんと犯人の手がかりはつかめる」

「悪かった」ミカエルはアプローチを変えてみる。「事件に少し動揺しててね」これは事実だ。事実どころではない。昼夜を問わずルーカスのことが頭を離れない。手がかりはすべて〈ライモズ・バー〉のすぐ外で断たれているように思える。その苛立ちもずっと頭のなかにある。

「ああ、わかるよ」ファステは心から同情しているように見える。「去年、いちばん小さい孫をがんで亡くしてな。つらかった。すごくつらかった。だからおまえの気持ちはわかる」

ミカエルは心のなかで眉をあげる。悪魔でも歳をとると……。

「その一カ月後には胆石ができた」ファステは言う。「あれもきつかった。あれだけつらい目に遭ったあとにだ」

「人生はつらいな」

「人生はつらい、農夫が豚に言うように」

ミカエルはファステの笑いを思いださないように努めてきた。六十三歳の警官の身体に閉じこめられた少女のようなくすくす笑い。おぞましい。

「で、手がかりはなし?」ミカエルは言う。

「いかれたやつらのたわごとだけだ」笑いの発作が治まったあと、目もとをぬぐいながらファステは言う。

「もう一杯飲むかい?」ミカエルは言う。

「ありがとう。気前がいいな」ファステは上唇についた泡を舐める。

「そのいかれたやつらはなんて言ってるんだ?」ミカエルは言う。ファステがいまの言葉をおもしろがらないことを願いながら。

「星を見てる占い師の女。ワグネル・グループがビョルク山へ向かうのを見たっていう老人。若者が山ほど姿を消してるのに警察はちっとも気にかけないとかぬかす麻薬常用者。そんなたぐいのことだな」

「占い師か」ミカエルは言う。「その女は星に何を見てるんだい?」

「星だよ」ファステは言う。「非常に参考になる。さて、そろそろうちに帰らなきゃならん。カローラが夕食を用意して待ってるからな」

「楽しい夕食を」ミカエルは言ってフロントへ向かう。「シングルルームを二泊お願いしたいんだが」

午前四時五分。毎日、明け方の同じ時刻に、ある考えに起こされる。その考えが鼻を突きだして、話を聞けと迫ってくる。

星々。白の配達用バン。記憶を掘り下げる。血の味と銃声を押し分けて、さらに先まで。スライドドアが音をたてて閉まり、バンが走りだす。星々。星。

ミカエルは起きあがる。ケトルで湯を沸かし、歯みがき用のマグカップにインスタントコーヒーを入れてベッドへ戻る。『ガスカッセン』にログインして――月に二百五十九クローナの値打ちがあるかは疑問だ――ニュースをスクロールする。

速歩競馬大富豪の勝ち馬予想――ボッセ・ルンドクヴィストのあとにつづけ

今年の狩りでは県内で五十五頭の熊を射殺

誘拐事件に警察は沈黙

すでに知っていることが確認されただけだ。ルーカス誘拐の件では警察は具体的な手がかりをつかんでいない。

「いまは捜査の重要な段階にあります」重大犯罪班のリーダー、ハンス・ファステがコメントしている。「市民から大量の情報が寄せられていて、それを処理しているところです。興味深い情報もいくつかある。向こう数日で少年を発見できることを強く望んでいます。捜査上の理由から、いまはこれ以上話せません」

同じく早起きのリスベット・サランデルとは異なり、ミカエルは腕立て伏せも腹筋もしない。シャワーを浴びて服を着て、もう一杯インスタントコーヒーをつくってリスベットの番号を捜す。

「起きてる？」

「起こされた」

「ストール滝へいっしょに行かないか？　出発点までさかのぼる必要がある」

「どこにいるの」

「シティ・ホテル」

一日一日が過ぎていった。ヴァンゲル家のパズルをふたりで一ピースずつ解いていった。そして夜には……いや。あれはずっと昔の話。

その調子です、リスベット。これは前進ですよ。

「九時に正面玄関の外で」リスベットは言って電話を切った。

第五十八章

リスベットはホテルの朝食を断った。ぱさぱさのロールパンを食べながらブルムクヴィストとなごやかに話す気にはなれない。その時間を使って考え、車にガソリンを入れる。少しためらってからイェシカにメッセージを送った。**［今晩、会わない？］**すぐに返信がある。**［ぜひ、仕事を抜けだせたらね］**

八時四十五分、レンジャーがホテルの前にとまる。

数分後にミカエルが飛びのる。フロントガラスのワイパーがみぞれをぬぐい、滑りやすい筋になって路上で固まっている。

「冬用タイヤだろうね？」ミカエルが言う。

「不満があるなら自分で運転して」リスベットは言う。「あのあと免許は取ったんでしょ？」

「ああ。あと不満は言ってない。尋ねただけだよ」

「さあ、話して」リスベットは言う。「星がどうとか、ぶつくさ言ってたよね。天狼星《シリウス》とか北斗七星とか」

ふたりは〈ライモズ・バー〉の外に立ち、雄大な急流を見わたしている。だがミカエルの頭は停止している。

「銃撃の前にこのあたりまで来たと思うんだが」ミカエルは進出路を指さす。「やつらはアイスクリームのケータリングのバンのうしろに車をとめていたにちがいない。きみならどう考える？　子どもを誘拐したら、ほかの車に出くわしたくはないだろう」

リスベットは携帯電話で地図をひらき、この地域を拡大する。

「北西だろうね。大部分が森と林業車両用の小道だし」

ふたりは川沿いの国道を上流に向かって進む。郵便受けがあってごみ回収箱が出された国道沿いの角は、小道に入っても民家につづいているはずだ。そういう角をいくつか通りすぎて左折し、ほとんどそれとわからないトラクター用の小道に入る。

「誰かがこの道を車で通ってるのは確かだね」リスベットが言う。

「ハンターとか、ほかの誰かかもしれない」ミカエルは言う。

数百メートル進むと、小道に車両進入禁止の柵があって行く手を阻まれる。

「施錠されてるよ」ミカエルが伝える。

「素人にはね」リスベットはレザーマンのマルチツールをひらき、そのなかのひとつを選ぶ。「クリック」リスベットは言い、南京錠を上着のポケットに入れて柵をひらいた。

「軍の施設みたいだな」ミカエルは言う。

屋根に大きな穴がいくつもあいた建物と、緑のトタンでできた小屋を通りすぎる。道はどんどん悪くなり、川岸でいきなり途切れた。

「見てまわろう」リスベットが言う。

サンタ・ランドで買った冬のブーツに感謝しながら雪の地面を踏みしめ、リスベットは木々のもとまで歩いてひとりほほ笑む。ミカエルは足を滑らせながらリスベットのあとを追い、履いている普通の靴はたちまちびしょ濡れになった。〝典型的なストックホルム人、アウトドアでは絶望的〟はっきり見分けはつかないが、草に覆われない程度には使われている小道を慎重に歩く。急なのぼり坂だ。ミカエルはリスベットのうしろで息を切らしている。

「体力的にどう？　ブルムクヴィスト」

「大丈夫だ」ミカエルは言う。「どんどん進んでくれ」

てっぺんにたどり着くと視界がひらける。森のチェス盤が見わたすかぎり広がっていて、ところどころに草木の少ない区画があるが、建物はひとつも見あたらない。煙突の煙も、その他の暮らしの気配も何もない。

「美しいが荒涼としてるな」ミカエルが言う。「こんなところでどうやって人が暮らせるのか、理解できるかい？」

「ほかの人間からは逃れられる、少なくともね」リスベットは言って地図をまた調べる。

「それにクソ寒い」ミカエルはリスベットに近づきたい衝動を押しのける。腕をリスベットにまわしたら？　彼女の不思議なにおいを吸いこんでキスをする。唇のリングを歯で感じ、それをしゃぶって、そして……

やめなさい！　あなたは承認欲求を満たすために女を利用していて、だからちゃんとした恋愛ができないの。

エリカ・ベルジェ。どうしていきなり割りこんでくるんだ？

だがエリカの言うとおりだ。リスベットに自分を見てもらいたい。本当の自分を。

「船で逃げたのかも」リスベットは言う。「それか、まったく別の道を選んだか」

「かもな。ぼくらは無駄足を踏んでいるのかもしれない」

「サロがいま取り組んでる最大のプロジェクトを調べてみた。風力発電所と、建設契約の候補になってる企業のこと」リスベットは言う。「フィンランドのフォートゥム社は馬鹿みたいに透明。オランダの会社はもう少しわかりにくいけど、調べはじめたら正体は完全にはっきりしてる。でも三つ目のブランコ・グループは興味深いの」

「ほう」ミカエルは言う。「どんなふうに？」

「会社がほとんど存在しない。プレイグに探ってもらったんだけど、いまのところわかってるのは、基本的なグーグル検索で誰でも見つけられることだけ。なんの特徴もないオフィスの写真とか、人が握手してる写真とかね」

「なんだかうれしそうだな」ミカエルは言う。リスベット・サランデル。〝クレイジーですばらしく、風変わりな人間。どうしてきみとのチャンスを台無しにしてしまったんだろう〟

「新しい問題が好きなだけよ」リスベットは言う。「昔の問題を忘れさせてくれるから」

「その会社も財務表を議会に提出してるはずだろう」ミカエルは言う。「だとしたら、書類は市民が閲覧できるはずだ。今日の午後に訪ねてみるよ」

「参考になるかは疑問だけどね」リスベットは言う。「大企業が数字を共有するときは、かならず守秘義務を求めるから。でもサロのことはかなりわかった。ギャンブルの借金があるらしい。相当な額のね。ただ、サロの祈りは最近神さまに届いたみたい。六十万が口座に落ちてきた。振りこんだのが誰かは残念ながらわからないけど」

「他人のプライベートな生活を探りまわってて、捕まるのは怖くないのかい？」

「あなたについて調べたこと、いっぺん見てみる？」リスベットはミカエルの肩をパンチする。

「痛っ。やめてくれよ、サランデル」

「ごめん」

柵へ戻る途中、建物の区画に立ち寄った。無断立入禁止のひび割れた標識が傾いてかかっている。この区画はフェンスで囲われていて、マルチツールがまた役に立つ。

住まいは完全に打ち捨てられている。曲がった木が扉を突き抜けて侵入している。壁紙は剝がれて垂れさがっている。

「家具を残してったのはおかしい」リスベットは戸棚をあける。「食器類まで」

「だがルーカスはいないな」ルーカスとつないだ手。顔をくすぐるカールした髪。

ヘンリィのことを嗅ぎまわるのはやめて。ルーカスがいなくなったのは彼のせいじゃないんだから。

むしろあなたのせいかもしれないのよ。

ペニラの怒りの爆発が、湿ったウールの毛布のように全身にのしかかっている。ペニラに半分歩み寄り、サロの嫌疑を見逃してやりたいが、そんなことはできない。誘拐の動機には、明らかにサロのビジネス上の利害が関係している。それをもっと深く追及しなければならない。その結果、すでに脆《もろ》い父と娘の関係が脅かされても。ミカエルは半分腐った父親だが、ミカエル・ブルムクヴィストでもいられなくなったら、もはや何者でもなくなる。

リスベットはトタン小屋の扉を引いてあける。目が暗闇に慣れるまで、しばらく時間がかかる。

「バンだ」ミカエルは携帯電話のフラッシュライトをつける。「どうして警察はこれを見逃したんだ?」

「あんなに有能なボスがいるのに……」リスベットは自分のセーターの袖を引っぱって手をくるみ、バンのフロントドアをあける。シートのあいだにチューインガムのパックがひとつあるが、ほかは何もない。

スライドドアは動かない。ふたりで引っぱってなんとかあけた。ここも空っぽだ。ミカエルはシートとフロアをライトで照らす。

「待って」リスベットが言う。「シートのあいだをもう一度照らして」ひと筋の光のもと、リスベットは手探りで何かを捜して、小さな金属片を拾いあげた。

「錨だ」ミカエルは言う。

このネックレスが、たいていのことからは守ってくれる。

だけどぜんぶじゃないんだね。

「船乗りのお守り、持ってなかった？」リスベットが言う。

「ああ。この夏、ルーカスにあげたんだ」

外に出なければならない。空気を吸わなければ。息をしなければ。考えなければ。

写真を数枚撮ったあと、リスベットは小屋の扉を閉めてボルトを元の位置に戻した。

ミカエルはすでに車のなかにいる。

「あの子を見つけるよ」リスベットは言う。ミカエルは洟をすすり、頭を窓にもたせかける。

「夏のあいだうちにいたんだ。最初は預かりたくなかった。よその子の面倒を見るのはたいへんだと思ったからね」

「ペニラの子なんだから、よその子じゃなくて孫でしょう」リスベットは言う。

「ああ。ペニラが引きとりにきたとき、あの子は帰りたがらなかったんだ」

「ヘンな子」リスベットは手探りでポケットからホットドッグ店のナプキンを出す。

「だよな」ミカエルは洟をかむ。「悪い、普段は泣かないんだが。きみもだろ？」


最後に泣いたのはいつですか？

憶えてない。

彼の名前はなんでしたっけ、法定後見人。ホルゲル・パルムグレンだ、彼が亡くなったときは？

泣いてない。

お母さんが亡くなったときは？

泣いてない。

思いきり泣くと、すっきりすることもありますよ。

たしかにそうでしょうね、インゲおばさん。


「運がよければ警察が指紋を見つけられるかも。ナンバープレートのアプリでＤＸＣ７１１を検索してみて」

「〈シリウス・フラワーズ〉、ルーレオの花屋だ」ミカエルは言う。

「話してた星ね」リスベットは言った。

第五十九章

リクエストしたとおり、掃除屋のもとには最近の新聞ひと束、〈オーボーイ〉のチョコレート・ドリンクひとパック、牛乳、甘い菓子一キロが届けられた。

「子どもとかかわったことがなくてな」掃除屋は配達屋に言う。「どう接すればいいんだ？」

「知らん。〝まったりフライデー〟とかか。菓子を食べながら映画を観る」

掃除屋は足首の結束バンドを切って少年を座らせる。朝食を並べ、自分用にコーヒーを注ぐ。

少年は〈オーボーイ〉を飲み、ソーセージを少しだけ切って食べる。掃除屋はこの時間を利用して銃のメンテナンスをする。グロックを取りだしてマガジンを外す。メインスプリングと撃針を分解し、パーツを隅々まで調べる。ぼろきれでパーツをふいて、もと通りに組み立てた。

ストーブで火がパチパチ音をたてる。くつろいだ心地のいい雰囲気が小屋のなかに広がる。フライデーで、まったりしている。

「今日はいっしょに出かける。逃げようとしたらその場で殺すからな」

少年はチョコレート・ドリンクの残りを吸いあげる。ハエが窓にぶつかる。掃除屋の肘には湿疹が出ていて、蚊に刺されたようにかゆい。蛇の毒を使った膏薬のことを何かで読んだが、どうだろう？野兎や狐のほかに、毒蛇にも出くわすかもしれない。

ひとつ目の鷲の巣へ向かって歩く。少年が先に進む。掃除屋はこの子の名を知らない。何度か口にしたが憶えていない。憶えていたくない。「少年」で充分だ。ふたりはうまくやっている。

掃除屋は少年の肩に手を置く。「待て」小声で言って、トウヒの樹冠を指さす。小枝や棒が編みあわされたバスケット状のものが、ふた又に分かれた枝に引っかかっている。巣が風に揺れる。とけた雪が木々からしたたり落ちる。

「鳥が棲んでるの？」少年も小声で返す。

「いや、いまは棲んでない。三月に雌が卵を産む。ひとつの卵を三十八日間きちんとあたためると、それがかえる。おれが食べ物の世話をしてやらなかったら、雛の半分は死んでたな」

「どうしてひそひそ声で話すの？」少年が尋ねる。

「怖がらせないようにだ。近くにいるからな。こっちへ来い、見せてやろう」

ふたりはさらに少し先へ進む。少年にはまともな服がない。掃除屋のヘリーハンセンをパーティー用の服の上に着て暖をとり、ベルト代わりにロープを巻いている。よろめきながら歩く足には、掃除屋のスニーカーにクッションの綿を詰めて履いている。

掃除屋は止まれと合図する。掃除屋は森のひらかれた場所でバケツの中身をあける作業に集中する。少年は逃げようと思えば逃げられる。どこかに道があるだろう。だがその場にとどまる。肉の悪臭が風に吹かれてやってくる。目に涙が浮かぶ。においのせいで胃がむかつく。歯を食いしばる。立ったまま次の合図を待つ。

「こっちへこい」掃除屋はトウヒの下に潜《もぐ》りこんだ。少年もあとにつづく。「おれの上着に座れ」掃除屋はふたりのためにそれを広げる。

少年は脚を掃除屋の脚に押しつけて暖をとる。

掃除屋は片手を頭上にかざしている。一羽目の鷲が肉のもとに着地する。腕がおりてきてルーカスを包む。ルーカスは掃除屋の腋の下に身体を寄せる。

「寒いのか？」掃除屋はルーカスの腕をこする。

「ちょっと」

まずは一羽、ついで二羽。三羽目はヒエラルキーのなかで自分の地位を求めて戦っている。

「美しくないか？」掃除屋は囁き、双眼鏡を渡す。

「うん」少年も囁く。「絵を描きたい。写真を撮ってくれる？」

掃除屋は携帯電話を取りだす。あっちを押したりこっちを押したりしている。

「こうやるんだよ」少年が小声で言う。「ここを押すんだ」

飛んできたときと同じように、ショーはすぐに終わる。鷲は空へ飛びたち、ふたりは小屋へ歩く。

掃除屋はストーブで新たに火を熾す。食品用ラップの中身を出して厚紙のパッケージだけにし、短い鉛筆といっしょに少年へ手渡した。菓子の袋を取りだしてそれをあけ、袋の口を少年に向けてテーブルに置く。

「どれがいちばん好きだ？」

「すっぱいやつ」少年は言う。「ママはいい人なんだ」少年は話をつづける。「結婚しないほうがよかった。ふたりだけのときはよかったのに」

掃除屋はシラカバのカップにウイスキーをほんの少し注ぐ。

「ヘンリィはおまえが思ってるよりいいやつだ」掃除屋が言うと、少年は顔をあげる。

「ヘンリィ、知ってるの？」

その瞬間。連帯感。思わぬ信頼。

「ヘンリィはおれの兄貴だ」そう言って掃除屋はたちまち後悔する。

もうあとには戻れない。言葉を引っこめることはできないのだから、その先を話してもいいかもしれない。

「おとぎ話だと思ってくれればいい」掃除屋は言う。少年は絵を描き、掃除屋はおとぎ話を語る。ウイスキーをまた少し注いで、言葉を集める。一度も口にしたことのない言葉。だが、それらの言葉は終わらないレコードのようにずっと頭のなかで再生されていた。

「兄貴は」掃除屋は言う。「おれより強かった。誰よりも。おれは骨と皮ばかりだったからな。おまえみたいな感じだ。ガリガリで少し弱虫。親父は悪魔だった。おふくろは頼りない人間。〝逃げろ、ヨアル、森へ逃げろ〟。おれは逃げた。何時間も経ってから、勇気をふり絞って戻ったんだ。ヘンリィが玄関先に座ってた。悪魔は姿を消してた。だがおふくろは……まあ、それはいい。ずっと昔の話だ。そろそろ寝る時間だぞ」

少年は自分の足をじっと見る。

「ああ」掃除屋は言う。「つけてなきゃならん」

少年の足首に結束バンドをつける。

少年は背を向け、顔を枕に押しつける。

一八八〇年代につくられた森小屋で、丸太の壁はたくさん涙を吸いこんできた。


翌朝、あたりはまっ白だ。夜のあいだに二十センチほど雪が積もっていた。いまも降っているが、冬の低い日の光が木々のあいだからさしている。掃除屋はコーヒーカップを手に外へ出た。木に放尿し、昨夜の考えをまたゆっくり浮上させる。

少年は眠っている。少年は眠りに落ちた。掃除屋は最後の数滴のウイスキーを注ぎ、前の週の『ガスカッセン』に目を通す。死亡記事を隅々まで読み、新しい人生を想像する。

掃除屋は気楽に暮らしている。たいていの人間よりいい人生だ。だが新しい決断を下すときがきた。

自分が何者かは誰も知らない。ヘンリィも、町の人間は誰も。この少年のほかは。

掃除屋は小屋へ入り、少年を起こす。

結束バンドを切って、扉のほうへ押しやる。

何も履いていない足が雪のなかを歩くのが見える？

見えない。

寒さに鳥肌がたった腕が見える？

見えない。

嘆願する声が聞こえる？

聞こえない。

海鷲が少年に飛びかかり、鉤爪を肩に食いこませるのが見える？

見える。

悲鳴が聞こえる。くちばしが少年の後頭部をついて悲鳴があがる。

命と命の戦い。

弾丸が放たれる。

鳥が地面に落ちる。

少年は血を流している。

掃除屋は身体を抱きあげて小屋へ連れてかえる。

少年が生きているのか、掃除屋にはわからない。

だが海鷲が来る前にやろうとしていたことは、すべて忘れた。

水をあたためる。

傷を洗い、Tシャツの生地を細長く引き裂いて包帯がわりに巻く。

菓子の袋を少年の鼻の下にかかげ、命があることを祈る。

「神さま」掃除屋は言う。「おれは子ども殺しじゃありません。せめてこの子を生かしてください」

第六十章

時事問題と社会科の授業に真面目に取り組んでいたら役に立つ。

「すみません」受付係に声をかける。「学校のグループ研究なんです。風力発電所についての政治決定の資料を見たいんですけど。資料は誰でも閲覧できるんですよね」

「もちろんどうぞ」ガラスの向こうの若い女性が言う。「今日はほかにも同じリクエストがありましたよ。ちょっと前にストックホルムの記者が来てたの。こんなみすぼらしいとこになんの興味があるのか知らないけどね。個人的には、できるだけはやくこんな町は出ていくつもり。いまは臨時でここで働いてるだけなの。メールのやりとりもいりますか？　議会の議事録だけでいい？」

「ぜんぶ持ってきてください」スヴァラは言う。「みんなもっと市民参加に関心を持つべきだって先生が言ってて。あたし、成績をちょっとあげなきゃいけないんです」

「どうやらエーヴェルト・ニルソン先生みたいね」あいまいな笑みを浮かべて女性は言う。

「当たり。成績のことでは甘い先生じゃないから」

「たしかに。でもいい先生だよね」

成績が悪くて勉強に飽き飽きした生徒にはそうだろう。あの教師は自分が主役であればそれでいいのだ。スヴァラは彼と言い争うのに飽き飽きしている。たいてい静かにしていなさいと言われて終わる。

女性誌を読みはじめてゆうに三十分は過ぎたころ、受付の女性が手提げの紙袋を持って戻ってきた。当面の読み物として充分な量の書類が入っていそうだ。

「楽しんで。あとニルソン先生によろしく」

スヴァラは図書館へ向かう。少し躊躇したあと、リスベットへメッセージを送った。**［図書館でグループワーク。遅くなる］**

本当は最初から最後まで洗いざらいおばに話すべきだ。事情を知れば知るほど、必要なことを自分でするのはむずかしくなる。やるべきことは多くはない。第一にママ・メッタを見つけること。第二に継父ペーデルを刑務所へ放りこむこと。

午後をまるまる費やして袋の中身に目を通した。〝あなたのためにしてるんだよ、マリアンヌ〟。世界最大級の風力発電所建設用地として土地を借りあげる計画は、何年も前から進んでいた。関係ありそうな情報はすべて脇へよけておく。抗議の記録や、さまざまな決定への異議申し立てなどだ。

基本的においしい分け前にあずかっているのは、町役場ではなくＫＧＢだ。ＫＧＢの情報はスヴァラには手に入れられない。会社法で守られている。財務と全体の標準的な年次報告書を除けば、詳細は一般市民に公開されていない。言われたり書かれたりしていることのなかで、スヴァラが理解できないのは十月二十五日付のメール一通だけだ。

ヘンリィ・サロがブランコ・グループに送ったメールへの返信らしい。〝時間はありませんよ〟

これが重要なわけではない。すべてを理解する必要もない。最も重要なことはわかった。法律はマリアンヌ・リエカットの味方だ。

私書箱か貸金庫。スヴァラは駅へ向かう。

「私書箱の中身を取りださなきゃなんですけど、番号を忘れちゃって」スヴァラはスタッフらしい人に鍵を見せる。

「これは私書箱の鍵じゃないね」男は言う。「少なくとも、ここガスカスのじゃない」

「ありがとう」スヴァラは言い、駅のコンコースへ足を運ぶ。ボーデン行きのレールバスが出発するところだ。ルーレオから到着したばかりのものもある。大勢の人が行きかっているので、コインロッカーの前でつぎつぎと鍵を試す少女に注意を払う人はいない。

ひとりを除いて。ミカエル・ブルムクヴィストだ。ミカエルの心はまたリスベットへと向かう。彼女のことを知りたい、心からそう思う。手助けが必要なときに登場する緊急援助隊員のような存在としてだけではなく。

「やあ」ミカエルは言う。「誰かを捜しているようだね。お手伝いしようか?」

「いえ」スヴァラは言う。「でもありがと」

「ぼくらは同じ手提げ袋を持っているようだ。ごめん、きみのことに鼻を突っこむべきじゃないのかもしれないが」

「風力発電所のことを書くの？」スヴァラは言う。

「ああ。きみは？」

「学校の宿題。小論文」

「タイトルは決めたのかい？」ミカエルは言う。スヴァラにはいくつか案があった。

「〝風力発電所の権利売買における非民主的な意思決定プロセス〟、〝強欲な町長の自慢の種〟。あとこれはどう？　〝殺人と恐喝、風力発電所建設の代償〟」

ミカエル・ブルムクヴィストは口笛を吹いた。「悪くない見出しだね」ミカエルは言う。「ぼくは視点を変える必要がありそうだ。カフェでも行って何か飲まないかい」

スヴァラは迷う。この男が役に立つ可能性もあるが、時間がかかりすぎるかもしれないし、年寄りの講釈をうやうやしく拝聴するはめに陥るかもしれない。

「やめときます、家に帰らなきゃだし。でも、目的の情報は見つけたんです。あたしのメモ、あげますよ」スヴァラは手提げ袋のなかを捜す。

ミカエルがセブンイレブンの角を曲がって姿を消すと、スヴァラはロッカーのいちばん下の段に目を向ける。あまり期待はしていない。ロッカーはほとんどが空だ。すべて鍵がささっていて、奥のふたつだけが使用中だ。鍵をさした瞬間、ここだと直感した。周囲を見まわしてロッカーの扉をあける。あの記者もほかの誰も、スヴァラに関心は向けていない。

靴の箱のような段ボール箱。少しつついて重さを確かめる。重くはない。蓋は銀色のダクトテープでとめられている。手提げ袋を近づけて、なかへ箱を忍びこませる。それから駅を出て町の中心部へ足を踏みいれる。ニィ通りで考えを変え、反対方向へ引き返す。

少しうしろで例の記者があとをつけているが、スヴァラは疲労と空腹から警戒心がゆるんでいる。

雪がとけた舗道では、スヴァラのスニーカーはよく滑る。冬用のブーツを履いてくるべきだった。だが大雪の前に冬用ブーツを履くのは、夏に冬用タイヤで車を走らせるようなものだ。ガスカスでは昔からそう言われている。おそらくママ・メッタか、寄生的な男と白ワインが好きなどこかのシングルマザーが考えだしたのだろう。

胃が食べ物のことを考えたがっている。〈ボンジョルノ〉のドアから漂ってくる強烈なピザの香りから気をそらす言葉を考えようとする。

森。土。森。土。

地面に引っぱりおろされる。

木に引っぱりあげられる。

そのあいだには空気しかない。

森。土。森。土。

そうしてわたしは息ができる。

シティ・ホテルではなく、無意識のうちにシャーデル通りへ向かっていた。〈ボンジョルノ〉はおそらく避けるべき場所だ。フードを深くかぶって顔を隠す。そこらへんの凍えたティーンエイジャーと変わらない見た目のはずだが、当然、そう思わない人間もいる。

「待て！」自分の墓石の横にこの男が立って話しかけてきても、スヴァラには声の主がわかるだろう。継父ペーデル。

スヴァラは歩きつづける。さっきよりもはやく。

「なんてガキだ、待てといっただろ」

太鼓腹で煙草に肺を冒されたペーデルは短距離走者とは言えない。だがスヴァラも滑りやすい靴を履いていて、手提げ袋が手のひらに食いこんでいる。

すぐそばまで迫ってきて、肺気腫のゼイゼイいう音が首のうしろで聞こえると、スヴァラは振り返ってペーデルと向きあった。

「なんなの？」スヴァラは言う。

「話したいだけだ」

「やだ」スヴァラはまた歩きはじめる。「話すことなんてないし」あるいは、こんなふうに突きはなすのは愚かだろうか？　ペーデルは口を滑らせてママ・メッタのことを何か漏らすかもしれない。

「話すって何について？」

「会うのはひさしぶりじゃねえか、元気か知りたいだけだ」

現実は小説よりもひどい。

「引っ越したんだろ？」ペーデルは言う。

「ごめん、引っ越しの挨拶《あいさつ》状送るの忘れてた」スヴァラは歩きはじめる。

腕を強くつかまれて手提げ袋を落とし、足をとめざるをえない。

「おまえの母さんがおれのものを盗ってった。なんのことかわかるだろ」

「あたし、人の心は読めないから」

「ハードディスク。おれのハードディスクだ」

ハードディスクのことを知っている？　知らない。スヴァラは袋をしっかりつかむ。

ペーデルは手を変える。「おまえの母さんに金を貸してる。どこにいるか言わなけりゃ、おまえが働いて借金を返さなきゃならん」左手で輪をつくり、人さし指を出し入れする。

スヴァラは背を向ける。「しらばっくれてるわけ？」スヴァラが言うと、いっそう強く腕をつかまれる。「筋肉増強剤の肉の塊たちを、もうあたしのとこによこしたじゃん」

ペーデルは本気で混乱している。その話は知らないようだ。

「ヨルゲンとブッダ」ふたりにさせられたこととアパートを見張られていることを、スヴァラはゆっくり教師のように説明する。

ペーデルはスヴァラの腕を放した。そうしたのは正解だ。ミカエル・ブルムクヴィストがピッツェリア〈ボンジョルノ〉の軒下に立ち、一連の出来事を見守っていた。怪しい男がスヴァラの腕を引っぱったとき、ミカエルは手提げ袋を地面に置き、駆けつけて割って入れるように身構えた。だが数分後に男がスヴァラを放してピザのもとへ戻ると、ミカエルはそっと店に入り、バーカウンターでビールを注文した。男のテーブルには同じチャーミングなオーラを放つ連れがひとりいて、ビールをひと口飲むたびに大きなげっぷをして愛想を振りまいている。

「あいつは知らないらしい」ペーデル・サンドベリはその男に言う。

「おまえも丸くなったな」男は言う。「もうちょっと痛めつけてやりゃあいいのに。女にはそうやって話させるもんだ」

「あいつは別だ」不機嫌な声でペーデルは言う。「あいつは痛みを感じない。腕の関節を外しても瞬きひとつしねえんだ。マジで試したことがある。ところで、あいつはおまえのことを話してた」

「驚きゃしないね」男は言う。「女はいつもおれのことを話すんだ」

ヨルゲンが瞬きをする間もなく、ペーデル・サンドベリは彼の髪をつかんで顔をピザに叩きつけた。鼻血がトマトソースと混ざりあう。子ども連れの一家がコートをひっつかんで通りへ逃げた。

「ちょっとドライブに行くぞ」ペーデルは男の背を押し、表にとめた着色ガラスでマット塗装のBMWへ向かわせる。

顔が血まみれの男を後部座席へ押しこみ、ペーデルも隣に乗りこむのが窓ごしに見える。ミカエルは写真を一枚撮った。ナンバープレートが半分写っている。

[こいつらを知ってるか?] リスベットへメッセージを送る。

[ひとりはスヴァラの継父。スヴァラはそこにいるの?]

[家に向かってると思う]

第六十一章

ヴァウカリーデンへ向かっていることに気づくと、ヨルゲンことダニエル・ペーションーー本名は母親ぐらいしか知らないがーーは許しを請いはじめる。まず許しを請い、それから泣きはじめた。

「うるせえ」ペーデルは男の顔をフロントシートへ打ちつけてやりたい衝動を抑える。車を汚したくはない。「言うことを聞けば、おまえの身には何も起こらない。〈マックス・バーガー〉へ向かってくれ、ロシア人も拾ってく」ペーデルは運転手の肩を軽くパンチする。

運転手に名前はない。運転するだけだ。もちろんスヴァラに尋ねれば話は別で、男の名前はH、特徴はエルヴィス風の頰ひげと尻の割れ目が見えるズボンだ。同じくロシア人にも文字がある。J。もの静か、赤毛、冬でもサングラス。ヨルゲンに与えられたEの下には一語しか書かれていない。デブ。

「さあて」ロシア人を拾ってヴァウカリーデンのいちばん高いところへたどり着き、ペーデルは言う。「おまえら、勝手なことをしてるようだな」

「勝手なことって、なんのことだ？」ヨルゲンは言い、脇腹に鋭い肘打ちをくらう。「悪気はなかったんだ。ゲームをしてただけだよ、あの子がサロの金庫をあけられるかって。おまえが言ってたとおり、あの子の母親には貸しがあるだろ。おれらは自分の分け前がほしかった、それだけなんだ」

「それでおれの家族を狙ったわけか。そんなふうに。おれに断りもなく。しかも子どもを」

「金庫は空っぽだった。もちろん中身が入ってりゃ分け前は渡してた」

「で、ブッダはどこだ？」ペーデルはヨルゲンの喉にナイフを突きつける。

「森に入ってった。あの子のあとを追って消えちまって。しばらく待ってたんだが。戻ってこないから立ち去ったよ。見つかる危険は冒したくないからな、だろ？」

「黙れ、こざかしいやつめ。サロが金を持ってたためしなんてねえだろ、ったく」

「言ってたじゃねえか」涙ぐんだ子どもの声でヨルゲンは言う。「やつのとこには金庫があるって。だからおれたちは――」

「もういい」ロシア人が言って、ヨルゲンを車から引きずりおろす。ペーデルとはちがい、この男はナイフを使わない。自分の身体と思考に頼る。まわりがなんと呼ぼうが、男はロシア人ではなくボスニア人《ザスタン》だからだ。

男たちは、〝フィンランド人の崖〟と地元で呼ばれる切り立った急斜面へ歩く。一九五〇年代に酒に酔って転落したフィンランド人にちなんだ名前だ。

急斜面の底には川が流れている。いまはまっ黒で見えない。落ちた身体は岩の壁に跳ね返り、そのまま川へ落ちる。

「いま話したとおりだ、嘘じゃない、ペーデル、お願いだよ。まだ死にたくない、あれはただのゲームだったんだ、わかってくれ。おれにも娘がいる。たしかにまちがったことをした、悪かったよ。本気だ、嘘じゃない。悪かった」

「うるさい」ペーデル・サンドベリは大声をあげ、ナイフの先をいっそう強く喉に押しあてる。豚の首にすでに刺さっていて、あと二センチほど押しこめば家畜にやるように血を抜けるだろう。

ロシア人は興奮してうっかり銃弾を一発放つ。

「ちょっとばかり楽しいことをしたかっただけなんだ」ヨルゲンがかすかな声で言い、弾力性のないペーデルの忍耐力は限界をこえた。ためらいはない。ヨルゲン・ペーションは小学校一年生からの知り合いで、ペーデルは彼の娘の名づけ親だが、だからといって遠慮はしない。ナイフを引き抜いて崖のふちから突き落とした。

豚の脂肪が太古の岩による最初の衝動から身を守った。したがって完全に意識を保ったまま落下し、次の突出部に頭をぶつけて、生まれかわりの人生へ直行して兎になった。

犬を散歩させる人は、おかしな時期に狩りをするものだと思うだろう。

高齢者福祉施設の女性は、ロシアが攻めてきたのかと尋ねる。

スヴァラがその場にいたら、猿からノートを取りだして一行書き足しただろう。

E――死亡。

第六十二章

いまは昼？　夜？　メッタ・ヒラクにはわからない。どれだけここにいるのかも。場所を移されたことだけはわかっている。クッションとアロマキャンドルはなくなった。空気は重たく湿っている。まるで地下室にいるようだ。

ダクトテープの向こうは、まったくの暗闇だ。ときどきテープが剝がされる。ボウルに入ったスープや皿にのったマカロニ。殺したくはないようだ。死へ向かっているように感じはするが。メッタの心は過去へさまよう。いまにとどまることはできない。言葉も。古い言葉には安心が宿っている。

囲いのなかでトナカイが輪になっている。互いにあとを追ってくるくるまわる。いつも反時計まわりだ。

サーミ人が集まってトナカイを群れに分けている。男、女、子ども。みんながそれぞれの役割を果たし、着々と作業が進んでいる。秋になる前に新しい子トナカイにマーキングしなければならないし、トナカイヒフバエの被害を受けていて治療が必要な個体もいれば、食肉用にするものを数頭選ぶ必要もある。夏の牧草地で過ごす季節は終わりだ。マーキングされたトナカイは東へ送られ、冬本番に備える。

自分の投げ縄を手にするのは今年が初めてだが、子どものころからずっと練習してきた。いまは十四歳で、自分の家のマークをつけたトナカイに狙いを定めて距離を測る。メッタが両腕を広げた長さ、〝サッラ〟は一メートル四十センチ。サッラによって、縄を投げられる距離が決まる。

一匹の子トナカイから慎重にはじめる。一投目は外したけれど、二投目はかかった。そこから格闘がはじまる。子トナカイは自由を求めて闘い、メッタはその子を群れに入れようと闘う。

たくさんのトナカイを相手にしたあとは、疲れきった腕が痛む。ほかの人たちと火を囲んで座った。投げ縄は男の道具だとメッタも知っている。メッタはその名誉にあずかるのにふさわしい存在ではない。メッタ自身は黙って座っているけれど、心の声ははっきりと異議を申し立てている。この一員でいたいとその声は言う。あたしは兄たちより劣ってなんかいない。あたしにも自分のマークをつけた群れがいる。自分の群れの面倒は見させてほしい。

「ストックホルムのフェミニストみたいな片意地な女がいなくても、ただでさえ伝統を守るのはたいへんなんだ」エリアスが言う。四つ年上のエリアスはすでに権威をそなえている。女には女の仕事があり、男には男の仕事がある。投げ縄は男の道具だ。以上。

火が消えかけてほとんどの人がその場を去ると、父がメッタのほうを向いて言う。「今日の働きは立派だったぞ」

〝パパ、何があったの？〟

メッタは昔の記憶を振り払う。いまとなっては昔のことにすぎず、記憶にすぎない。

「おい、おまえに言ってんだ」〈山犬〉が言う。テープを引き剝がすと、口のまわりの皮膚も剝がれる。メッタは顔をしかめようとして、言葉を口にしようとする。

「ごめん」メッタは言う。「聞こえなくて」

「少し話をする、おまえとおれとでだ」〈山犬〉はメッタを引っぱって立たせる。

目さえ見えれば。

「話すのに目はいらねえだろ」〈山犬〉はメッタを蹴って前を歩かせる。

〈山犬〉、それがこの男の名前なの？　山犬は動物だ。山犬は身をひそめてトナカイを待ち伏せする。子トナカイを追いかける。〈クズリ〉、〈大山猫〉、〈熊〉と同じように。あいつらは撃たれる。メッタはそこに慰めを得る。

椅子に座らされる。

両手はテーブルの上へ。

音。トントンという音。とてもなじみのある音だ。「おっと！」指をナイフが貫き、メッタは悲鳴をあげる。手を引っこめて、後頭部に一撃をくらう。

指をテーブルにのせろ。別の声がする。女だ。トントンという音がまた響きはじめる。ひと振りごとに恐怖心がつのる。〝手はやめて〟。「おっと！　あらあら、また手が滑っちゃった」女はメッタの手をもとの位置に無理やり戻す。トン、トン、トン。

扉がひらく。目が見えないと音に敏感になる。車輪、転がる音、たぶん手押し車。いや、車椅子だ。

「ここからはわたしが引き継ごう。何か拭くものを持ってきてくれ。切れた肉がシャツに落ちるのはごめんだ。やあ、メッタ」前よりも穏やかな声が言う。

メッタは挨拶の言葉を口にする。

「おまえは自分のものじゃないものを持っているようだな」

「なんのこと？」

「ハードディスク」

メッタは彼の腕のなかに横たわっている。太陽は沈みかけている。部屋は炎のように暑い。炎は彼の身体で自分の身体だ。彼はメッタの髪を指にからめる。いったん外して、またからめる。外では世界がつづいている。ここに世界はない。メッタがいなければヘンリィもいない。わずか数時間の休息。メッタは起きあがって服を着る。ポケットから何か取りだす。鍵。お願いしていい？　なんでもお望みどおりに。

嘘をついても仕方ないとメッタは悟った。愚か者ペーデルの仕業だろう。仕返しのチャンスを見つけたわけね。いかにもあいつのやりそうなことだ。

「捨てた」メッタは言い、予想どおり後頭部に一撃くらう。痛みがきいてくる。「川に放りこんだ。

どっちにしろ、誰にもパスワードがわからないんだし」また一撃。さっきよりも強烈だ。

「茶でも飲みたいんじゃないか」男は言う。メッタは答えない。顔を覆う膜を思い描く。そしてそれがやってくる。バシャ。男は確実に楽しんでいる。男のためにメッタはすすり泣いてみせる。この男は痛みを与えるのが好きなのだ。

「脚がないのはたいへんだろうね」メッタは言う。「脳性麻痺？　それとも母親がクスリのやりすぎで、あんたの発育段階をまるまるひとつ抜かしちゃったわけ？」危険を冒している。しかし殴られてうまく気を失うことができれば答えずにすむ。やつらは知ることができない。

見こみちがいだ。男は声をあげて笑う。

「とてもおもしろい、こいつは」男は言う。ほかも追従して笑う。例の女の笑い声はしゃがれている。

メッタはそれを心にとめておく。

「いつだって選択肢はある」車椅子が言う。「おまえの場合はふたつだ。ひとつ、ハードディスクのありかを話す。ふたつ、われわれがあの子を殺す。スヴァラ、だったな？」

話さないことも選べる。いまはそれがいい戦略だと思える。

いまは昼？　夜？　メッタにはわからない。自分は生きている？　それもわからない。ヘンリィに背中をなでられている。〝きみとぼくとは、ずっといっしょだ〟

第六十三章

「いまはここで暮らすの、それで決まり」リスベットはミニバーからコーラを取りだし、メッタの日記帳をベッド脇のテーブルに置く。「帰ってきたらつづきを読みたい」

「ここにいると囚人みたいな気分になるんですけど」スヴァラは言う。「料理すらできないんだから」

「好きなように行き来していいけど、革ベストの長髪男たちには気をつけて。それでルームサービスの何が不満なの？」

「テレビの前でまったりしたいんだよ」スヴァラは言う。「うちでいっしょに映画を観れない？」

「観るけど、その前にちょっと出かけてくるね」リスベットは言う。「遅くはならないから。4チャンネルで『地獄の黙示録』をやるみたいだよ。観たことある？」

「ない。またあの警官に会うの？」

「それも人生勉強だから」リスベットは言う。「じゃあ、あとでね」

レンジャーは猫のように町を走り抜ける。期待が虎のように身体を駆けめぐる。リスベットは警察署の外に車をとめた。十分後、イェシカから電話がかかってきて謝られる。

「同僚がふたり病欠でね、今日はめちゃくちゃ忙しくて」そう言ってからイェシカは声をひそめる。

「ファステは例の誘拐事件を自分たちで捜査することに決めたの。国の作戦本部を使わずにね。あの人、どんどんひどくなってる。自分が仕事できるように見せかけるだけのために、見習いを経験のない業務に配置したり。これじゃあ埒があかないよ」

「手伝うから。荷物をまとめておりてきてよ。下で待ってる」

「ごめんリスベット、無理なの。三シフト連続で働いてる人たちがいて、眠ってもらわなきゃいけないし」

「いや、わたしたちも仕事するの。最後のちょっとしたひと仕事。後悔させないから」

「どういうこと？」

「会ったら話す」


「オーケー、ボス」イェシカは紙コップのコーヒーをリスベットに手渡す。「どこへ行くの？　家に帰って寝るって言うんなら、それでもかまわないけど」

「あとでね。まずはスヴァーヴェルシェーの連中のところでパーティー。今晩あそこでオープンハウスのパーティーをやってるから」

「スヴァーヴェルシェーの連中？　ちょっと、頭大丈夫？」

「オンラインでわたしの自伝を読んだんだから、わたしがやつらと特別な関係にあるのは知ってるでしょう」

「その部分は見落としてた」イェシカは言う。「わたしたちもやつらのことは警戒してて、そこにはしょっちゅう立ち寄ってる。これまではギャングかぶれがバイクを洗車してるとこしか見てないけど、武装しないで私服で行くってかなりまずいと思う」

「じゃあピストルを取ってきなよ、ちょっとでも安心できるんならね。待ってるから」

「リスベット・サランデルと秘密任務に就く警察官。バレたら即失業だな」

「何言ってるの。パーティーに行くだけだから」

「じゃあ銃は持っていかない」イェシカは言う。「勤務外。丸腰。社会見学で馬鹿がクズを見つけにいく」

「かわいらしくバーに立ってるだけ」

「いいね」イェシカが言う。「ていうかあなたのこと、少し好きになっちゃってると思う」〝髪。口。バービーの脚〟。「でも、理由もなく社会のクズとパーティーなんてしないよね」

「やつらはサロとつながってるの、間接的にだけど」

「何を根拠に言ってるの？」

「サロのビジネス上の関心。誘拐の件で警察もそのつながりには気づいてるでしょう」

「もちろん。でも、サロをスヴァーヴェルシェーと結びつけるものは何も見つかってない。サロは思いあがった間抜けだけど、そういうやつはたくさんいるし、かならずしも犯罪者じゃない」

「犯罪者じゃなくても、サロがクソであるのに変わりはないから。あいつは風力発電所の取引を守りたいのよ。スヴァーヴェルシェーはうまい仕事はなんでも引き受ける。そういえば、すてきな元夫はどうしてる？」

「精神科病院に入院した。電話してきて自殺するって脅すから、パトカーを差し向けたの。あんなにひどいことになってるなんて知らなかった。嫉妬するのはわかるけど死にたいなんて言う？」

「誰だって、たまにはそんな気分になるよ」リスベットは言う。「で、ときどき助けてもらわなきゃいけない」

「いまはスンデルビィンの病院にいる、スイスじゃなくて」

「TikTokの動画、見た？」リスベットは言う。

「削除したって」イェシカが言う。「あの人は――」

「悪い人じゃない」リスベットが代わりに言う。「そうかもね。ただの嫉妬深いやつで、自分がつらくないようにあなたが一生ひとりでいるべきだと思ってる。それが悪いやつじゃなかったら、何が悪いやつかわからない」

「わたしの負け」イェシカは言ってあくびをする。「あと、はやくベッドに行きたい」

「最後のひと仕事」リスベットは言う。「そのあとはあなたの家に戻るから」

「あなたのとこでも。いまはどこで暮らしてるの？」

「ホテルに子どもと」

「子ども、ああ……」イェシカは言う。

リスベットはベリエット工業団地の門を抜け、扉のできるだけ近くに車をとめる。そばにはクラシックカー、四輪バイク、オートバイが何台もとまっている。

「あなたの車もたいしたもんだね」イェシカはレンジャーのボンネットを軽く叩く。

「まわりに溶けこもうとしてるだけ」リスベットは言う。

ふたりもまわりに溶けこんでいる。ひとまずは。レザージャケット、黒のリーバイス、ブーツを身につけたふたりの恰好は、多かれ少なかれセクシーレザーとでも呼べそうな服装で踊るほかの女たちとはちがうが、少なくとも浮いてはいない。

ダンスフロアを抜け、革ベストやその他の連中のかたわらを通り過ぎる。イェシカは彼らの名前と誕生日をすらすらあげられる。

「小さな町の警官ってこんなもんよ」イェシカは言う。「地元のごろつきのことは知ってる。でも、これから何をしようっていうの？　何か企んでるわけじゃないよね？」

企んでいる？　企んでいない。いや、企んでいる。

「こいつらの醜いツラをホテルの外で見るのに飽き飽きしてるだけ。スヴァラが狙われてるの。メッタを見つけなきゃ。ここにはいないね。会場はもうざっと見たけど。でも下っ端がイキって口を滑らすかも」

イェシカはすでについてきたことを後悔している。自分は私立探偵ではない。普通の警察官だ。ハンス・ファステが引退したり、不慮の死を遂げたりしたら、おそらく将来もある。リスベットとはちがい、スリルを求める人間でもない。普通の生活を送りたくて、いい母親になるチャンスがほしいだけだ。リスベットのことは好きで、食料貯蔵室に惹かれる虫のように惹きつけられてはいるが、リスベットが家族の一員になる？　想像しがたい。

「ファステと言えば」リスベットが言う。「ルーカスの事件で、警察が知らない手がかりがあるの」

「誘拐された男の子？」イェシカが言う。「だとしたら知りたい」

「もちろん」リスベットは言う。「手助けしてくれたら、こっちも手助けする。でもまずは飲もう」

「車でしょ」

「うん」リスベットはビールを二本買う。「いまいましい警官の目で見るの、やめてくれる？　ここにはパーティーしにきたんだから」

疲労のせいにちがいない。たとえ眠っていても、こうなることに気づいていなければならなかった。ペーデル・サンドベリ。

「やっぱり帰らない？」イェシカは言ったが、もう手遅れだ。

「イェシカ・ハルネスク。こんなとこで出くわすとは、思ってもみなかった。こっちに鞍替えしたのか？」ペーデルは自分の発言に大笑いし、イェシカの顔にかかった髪を払う。

「やめて」イェシカは言う。「猿の檻に直行したくなければ、引っこんどきなさい」

「おーこわ」ペーデルは言う。

「誰、この馬鹿？」すでに知っているのに、リスベットは尋ねる。

「ペーデル・サンドベリ」イェシカは言う。

「こいつのひとり前の元カレだ」ペーデルは言い、ビール瓶をイェシカに向けて持ちあげる。

「付きあってないから」

「いや、付きあってた。ベッドじゃマジでエロくてな、まさか警官になるなんて思ってなかった」


さあ、川へ行こう。人ごみにはうんざりだ。そのドレスじゃ寒いだろ？　ほら、おれの上着を使え。


「このあいだ、あるものを読んだんだけど」リスベットは言う。「書き方はちょっと子どもっぽくて未熟だけど、書かれてることはまさにあんたにぴったり。いや、あんたのことだったのかも。うん、そう。継父ペーデル・サンドベリ、あんたのことだ」

「ああそうか？」ペーデルは言う。「で、あの小さな悪魔が作者だろ、まちがいねえ。あのガキ、おれがいなけりゃ生きてすらいないくせに」

「たしかに。あんたがちょっとだけいいことをしたのは認める、ずっと昔のことだとしてもね。でも、小さな悪魔ってあんたが呼ぶ子は、地図を描くのがめちゃくちゃうまいの。警察が知ったらどうなるかわかってるよね。おっと」リスベットは手を口に当てる。「警官がいるの忘れてた」


さあ、更衣室があいてるから、そこへ入るぞ。

もううちに帰んなきゃ。ママが起きて待ってる。

ママはスヴァットルーテンで股をおっぴらいてる。おまえも同じようなもんだろ。

同じ手、同じ目。別の時代、別の立場。イェシカはこの瞬間を待っていた。この男に復讐する機会を待ち望んでいた。警官としてではなく。女として。

「おれがおまえなら振る舞いに気をつけるがな」ペーデル・サンドベリは言う。「よろこんで警官をぶちのめすやつがここにはたくさんいる」

「あくびが出る」イェシカは言う。「戻って男の子たちにイキっとけば？」

「できれば至急ね」リスベットはペーデルの肩を突いた。ペーデルは顔をリスベットの顔にぴったり近づけ、その後の出来事はすさまじいスピードで展開した。ペーデルの手がリスベットの股間をつかみ、リスベットを乱暴にうしろへ押しやる。

リスベットは不意をつかれた。ペーデルについて、彼と同じ遺伝子を持つそれ以前のクローンの類についての自分の知識を総動員して、心の準備をしておくべきだった。リスベットの頭は、古タイヤとトタン板の即席バーカウンターにぶち当たった。それから手で首を絞められる。ペーデルの手の上まで腕をあげ、こめかみに肘打ちをくらわせたい。だが息が苦しくてパニックになる。視野狭窄。ただただあきらめたい。数秒のうちに意識を失うが、死ぬまでにはさらに数分かかる。

〝おまえは武士だ、リスベット、戦士だ。刀を失ったのなら、自分の剣を使え〟

リスベットの首を締めつける手をイェシカがなんとかほどかせたのと同時に、リスベットは人さし指と中指を固くVの字にし、完璧な二本貫手《にほんぬきて》でペーデルの目を突く。

今回もまた頼もしい自律神経反射が働き、ペーデルの身体は重要な部分を守ろうとする。リスベットの首から手を放して目をかばうペーデルに、リスベットは下から裏突《うらづ》きをくらわした。身体の反応をコントロールできず、ペーデル・サンドベリはかがみこむ。

ペーデルがしばらく動きを奪われ、リスベットにはお楽しみの余裕ができた。手を斜めにして、首の肉のたるみに軽快な手刀打《しゅとう》ちをくり出す。ペーデルは痛みにすっかりうろたえて床にくずおれた。

「クラヴ・マガね」警官イェシカが言う。

「空手よ。むずかしいことじゃない」リスベットはイェシカに言う。「武器なしで馬鹿の動きを奪える。正しい場所さえ狙えば」

ヤりたいんだろ。騒ぐな。ほら。よし。ああ。クソ売女、気持ちよかったな？

「おもしろいね。でも最後にもう一発、思い知らせる必要があると思う」イェシカは尻に蹴りを入れ、ペーデルはダンスフロアへ飛び出た。傷と屈辱を癒すのを許さず、イェシカはくり返し蹴りを入れる。浮かれた連中が輪になって集まり大声をあげる。「殺せ、殺せ、殺せ」

結局、むせび泣くペーデルの身体からイェシカを引き離したのはリスベットだった。

「殺すのはやめとこう、怯えさせるだけでいいよ。あと、あそこに偉大なリーダーさんもいる」リスベットはソニー・ニエミネンに手を振る。「そろそろ行こうか、あいつの脳細胞が記憶を取り戻す前にね。メッセージは伝わったでしょう」

そう、ソニーだ。過去を忘れてはいない。刑務所での年月。オートバイクラブの盛衰。それに何より、リスベット・サランデルを忘れてはいない。

ソニーはこぶしを握りしめる。


「車を出して」イェシカは言い、前の道路をじっと見つめる。やがてリスベットはイェシカの家の前で車をとめた。エンジンを切ってその場を静寂に委ねる。

何かが起こった。何が？

リスベットはイェシカを引き寄せる。もつれた髪のにおいを吸いこむ。翼のような肩甲骨に手を走らせる。

あなたは自分では処理できないことを経験してきたのですよ。それに言葉を与えられたら、かなりの前進です。

ありがとうインゲおばさん、でもいいの。なかには暴力の言葉しか理解できない人もいるから。

「話して」リスベットは言う。

イェシカは座りなおす。上着の袖を引っぱって手をくるむ。吐く息にウインドウが曇る。

「あいつにレイプされたの。ずっと昔のことだけど。中学校の卒業パーティーで。そのあとあいつは、みんなにそれを自慢した。ガスカスじゅうにね」

「それで、あなたはどうしたの？」

「女子がたいていすることをしたんだと思う。口をつぐんで地獄を経験した。仕返ししてせいせいしたよ。せいせいしすぎたぐらい。止めてくれなかったら蹴り殺してたと思う」

「クビになったら、いつでもわたしのとこで働けばいい。給料もそのほうがいいし」

イェシカは首を横に振って車のドアをあける。夜の冷気が入ってくる。

「ところでサンドベリに言ってた手紙と地図、あれってなんのこと？」

「なんでもない。カマをかけただけ。いっしょに行ったほうがいい？」

「ううん。また別の日に電話する」

髪、口、バービーの脚は家に入り、玄関の扉を閉めた。

〝少し好きになっちゃってると思う〟

〝こっちも同じだよ〟

ホテルに車で戻る前に、逃走用のバンを見つけた場所の位置情報を探してメッセージを打った。最後にハートマークをつけ、それを削除して送信ボタンを押す。

第六十四章

ふたりはダブルベッドに腰かけ、メッタ・ヒラクの日記を声に出して読む。二〇一〇年以降、途切れ途切れに短い記述がつづいている。

「この日記帳、どこで見つけたの？」

「鍵」スヴァラは言って先を読み進める。「あたしのほとんど一生分だよ。あとママの。こんな生活、どうやって耐えられたんだろ」

〝リスベットの母親はどうやって耐えたのだろう？　どうして助けを求めなかったの？　子どもを連れて出ていかなかったの？〟

「お母さんは怖かったんだよ」リスベットは言う。「恐怖は人を変えるからね。ただ生きのびるためにおかしな決断をさせたり」

「わが子が苦しむとしても？」スヴァラは言う。

〝家を出て社会の保護に頼ってもいい。でも、あいつはいつだって見つけだす〟

「うん、それでも」

ペーデル・サンドベリがスヴァラへ加えた暴行のことも書かれている。リスベットは平静を保とうと努める。イェシカを止めずに、蹴り殺させてやるべきだったのかもしれない。

「あたしの本当のパパを殺したの、ペーデルだと思う？」スヴァラが言う。

当然の質問だ。でも答えは……どうやってスヴァラに話そうかとあれだけ考えたのに、真実は口から出てこない。

ニーダーマンの死について語るには、残りの部分も語らなければならない。ただでさえスヴァラは愚か者に囲まれているのに。知らないほうがスヴァラにはいいはずだ。

「知らない」リスベットは言う。「大昔のことだし、悲しがる必要は全然ないよ。筋金入りの犯罪者だったから。あいつと比べたら、ペーデル・サンドベリなんて砂場で遊んでるガキだし」

「何、いきなり。よく知ってるじゃん」スヴァラは言う。

「あいつはザラチェンコのところで働いてたの。いろんなやつに狙われていた」

「おじいちゃんのとこでどんな仕事をしてたの？」

「ボディーガード、って言ったらいいのかな。それはともかく、メッタがどんな人か教えて」リスベットは泥沼から話題を逸らす。

「ある意味あんたみたい。小さくて生意気だけど、もっと楽しい人」

「悪かったね」

「あんたは笑わないじゃん。ママはたいてい笑ってる。せめてヘンリィ・サロを選んでたら……」

「あの男は別の意味でおかしいけどね」

「でも、ママ・メッタのことは愛してるよ」

「どうしてわかるの？」

「あの人が言ってたから。オフィスに会いにいったとき」

「どうしてそんなことしたの？」

スヴァラは躊躇してから答える。

「マリアンヌ・リエカットは知ってる？」

「自分の土地に風力発電所がつくられるのを拒んでる女の人？」

「そう、その人。あたし、たまたまその場にいたの、トイレのなかだけど。あの人が来てマリアンヌを脅してた」

「脅してたって、どういうこと？」

「まず怒鳴りつけて、風力発電計画のために土地を手放さなかったら、自分と家族がまずいことになるって言った。自業自得だってマリアンヌが言うと、サロに押し倒されてストーブに頭をぶつけたの。動画を撮ったよ」

「あんたはリエカットさんの家で何をしてたの？」

「あたしたち友だちだから」

「で、どうしてサロに会いにいったわけ？」

「あれがなんの鍵か訊きたかったの」

「知ってた？」

「ううん知らないって。でも嘘じゃないって信じた」

「動画、見てもいい？」

「削除した。そういう約束だったから」

〝まあ、削除したファイルはいつでも復元できるけど〟

「ペーデルに不利な証拠として使えるものが日記にあるかは疑問だけどね。あるとメッタが思ってたとしても。コインロッカーに入ってたのは本当にこれだけ？」

スヴァラは猿に手をのばす。「ナイフある？」

「魚のフライは海で泳いでる？」リスベットはベルトにさしたレザーマンのマルチツールをひらく。

「ちょっと」スヴァラは言う。「マジ？　一九八八年のナイフ法、知らないでしょ……」

〝あんたも知ってるべきじゃないけどね〟

スヴァラは縫い目をほどいてなかに手を入れる。「猿のこと、誰かに話したら二度と口をきかないからね」

「ハードディスクか……」リスベットは、ためつすがめつする。「何が入ってるか知ってるの？」

「ゲーム屋さんに持ってった」

「嘘でしょ！　それで？」

「暗号通貨のアカウントが入ってるって。でもパスワードがなくてログインできない。思いつくのはぜんぶ試してみたけどね。ママしか知らないんだと思う。ママが帰ってくるまで待つしかないよ」スヴァラはそう言ってバスルームに閉じこもった。

「十分後にホテルのバー？」

「オーケー」

第六十五章

「で、これがわかってること」ミカエル・ブルムクヴィストとビールを飲みながらリスベットは言う。

「待ってくれ。メモしておかなきゃ」

「そんなに若いのにボケちゃうなんてかわいそう……わたしはメモをとる必要なんてないけど」

「うるさいなあ」

「若い、若い、若い、ボケ、ボケ、ボケ」

「よし、どこからはじめる?」

「ルーカスの誘拐。あの子はターゲットなの?」

「少なくとも第二のね」

「だとしたら近くにいるはず。遠くまで移動させるのはリスクが高すぎるでしょう」

〝怖がらないで。見つけてあげるから〟

「そうだな」

「じゃあ、サロのまわりの人は？　愛しのお嬢さんペニラとか。彼女のことは何か知ってる？」

「ほとんど知らない」ミカエルは認める。

「だと思った。わたしが話すのがいちばんかも。ペニラ、わたしのことは好きみたいだから」

「きみのことはみんな好きなんだろ？」

「そうそう。じゃあサロは？」リスベットはマリアンヌの動画について話したい気持ちに駆られる。

「知り合いが幅広くいる。中心から取りかかるのがいいだろう。サロが言う〝心臓〟から」

「町役場ね」

「ああ。そして何より、町が進めているビジネス取引。KGBにいろんなものが隠されている。会社法で守られてるから、市民に詳しく情報を公開しなくていいんだ。求められるのは標準的な年次報告書だけ。たとえば通信文書は公開されていない」

「賭けをしない？」リスベットは言う。

「いいよ」

「直感ではどう思う？」

「サロ」ミカエルは言う。「それに存在しない会社、ブランコ・グループ」

マリアンヌのことを話すタイミングだ。リスベットはスヴァラがサロについて語ったことをそっくりそのまま伝えた。サロは誰かに脅されているのかもしれない。

「つじつまが合うな」ミカエルは言う。「ところで、スヴァラから大量のメモをもらったんだ。あの子は『ガスカッセン』に就職すべきだな。細部への注意がすさまじい。おもにマリアンヌに関心を持っているようだけど、ブランコからのメールも一通だけ見つけている。ブランコとサロは何か別の手段で連絡をとっているらしい。そのメールは手ちがいで印刷されてファイルに入ってたんだろう」

「なんて書いてあったの？」

「〝時間はありませんよ〟って」

あの人のようすがへんなの。わたしが職場で会った人たちについておかしなことを尋ねてきたり。

何かに怯えているみたいだな。

いいよ、気にしなくて……裏にあるプールを見る？

「そこからブランコにつながるわけね」リスベットは言う。「でもわからないんだけど、どうしてそんなちっぽけな土地が、子どもの誘拐につながるほど重要なの？」

「まあ、かなりの広さの土地ではあるが」ミカエルは言う。「五百ヘクタールをこえる」

「それでも。ブランコ・グループには何かあるにちがいない」

「ぼくは『ガスカッセン』でちょっとした研修をやっていてね。宿題として町議会を詳しく調べさせてる」

「いい考えね」リスベットは言う。「でもハッカー共和国が何も発掘できないのに、地元の記者が何か見つけられるとは考えにくいけど」

「たしかにそうだが、単純なことは記者にまかせて、ぼくらは全体像に集中すればいい。警察から何か引きだそう」ミカエルは言う。「きみは警察にいい伝手があるようじゃないか」

「なんのこと？」

「ＴｉｋＴｏｋ」

「子どものアプリをエロい目で見てるの？　気持ち悪い」

「きみだって同じだろ」

「わたしがプライベートでしてることは、あなたには関係ないから」

「まあね、だがとにかく警察に伝手があるんだ。それを使えよ」

「ならファステを使えば？　あなたたち、ほぼ同レベルみたいだし」リスベットは立ちあがる。

「待ってくれ。お願いだから座ってほしい。余計なことを言ったのなら悪かった。最後まで戦略を考えよう」

「もう頭のなかにあるから。ちょっとサロのところへ行ってくる。そうすれば前進するはず」

「わかった」

「馬鹿」

「それもわかった」

第六十六章

スヴァラがお腹を空かせていないか確かめようと、リスベットは遠まわりしてホテルの部屋へ立ち寄った。自分も何か食べてもいい……ピザとか。だが部屋には誰もいない。スヴァラの書き置きがあった。

〝郊外に住んでる友だちと宿題をしてくる。泊まるかも。その場合は連絡する〟

少し怪しいが、本当ならばいいことだ。スヴァラが友だちのことを話すのは聞いたことがない。それどころか、尋ねるといつも食ってかかってくる。

ノートパソコンをひらく。プレイグから知らせはないが、ミルトン社のイントラネットからはたくさん知らせが届いている。社会省のセキュリティー侵害についての報告を読み、笑いがこみあげる。

〝見てスヴァラ、わたしだって笑えるんだから〟

ディックとピックは、省職員の脇の甘さをテストするために侵入を企てた。ふたりは普通の道具箱をそれぞれ携えて省の建物に入り、調子の悪いパソコンが数台あるから修理しにきたと伝えた。たしかに身分証明書の提示は求められたが、誰から発注されたかは尋ねられなかった。あとはやりたい放題だ。

ふたりはおよそ十台のパソコンへ意図的に侵入し、ちょっとしたスパイウェアと多少のサプライズを仕掛けた。作業を終え、省の機密情報を事実上すべて手に入れて建物を出た。しかしふたりは正義の味方なので、職員を集めて経緯を説明した。当然みんなぞっとした。それにもかかわらず、わずか二日後にミルトン・セキュリティーの社員を名乗るふたり組の悪者がやってくるのを防げなかった。ふたりも身分証明書の提示を求められ、その後は同じような手順を踏んで、丁重に挨拶したのちにオフィスを去った。三時間後、デ・デウスのもとへ最初の脅迫状が届く。

リスベットは仕事に集中しようとするが、あきらめた。サロとブランコのことばかり考えてしまう。

ハイ、ドラガン。ブランコ・グループっていう会社を知っていますか？ セキュリティーも手がけている会社なんですけど。少なくとも聞いたことはあるかなと思って。ガスカス町議会をちょっと手助けしているんです。

ハイ、リスベット。ブランコは、ぼんやりとだが心あたりがある。偶然なんだが時計のことでね。ご承知のとおり、わたしはロレックスに目がない。典型的な移民だよ、わかっている。何かに金を使わずにはいられないんだ。数年前のことだが、ポール・ニューマン所蔵のきわめて貴重なデイトナがニューヨークのオークションで売りに出された。わたしはたまたまそこにいて、それを買った男もそこにいた。終了後に祝いの言葉をかけにいって自己紹介すると、その男も自己紹介した。マルキュス・ブランコというスウェーデン人でね。感じのいい男だったよ。サリドマイドの薬害のせいで、車椅子で生活している。お茶をしてサイバーセキュリティーについて少し話したな。どんな仕事をしているのか、はっきりとは言わなかったと思う。臆測にすぎないんだが、千五百万ドルほどという値段を考えると、何かの大物にちがいない。ブランコのことも女の子のことも、うまくいくよう願っている。ドラガン・A

リスベットはスヴァラの携帯電話を自分でハッキングすることも考えたが、プレイグに外注することにした。ばれたら激怒されるだろう。「人権侵害だ」とかなんとか激しく責められるにきまっているし、さらにひどい場合には、仕返しとして数日は口をきいてもらえないかもしれない。

[削除ずみの動画を入手したい。073-435-8891。至急]

目の前に番号があるうちにスヴァラに電話してみようと思う。出ない。

[勉強の邪魔してごめん。夕食はピザだよって伝えたくて。好きでしょ!]

[ここに泊まってく。ピザいいね、明日食べよ]

ここってどこ? と文字を打とうとしたが、考えなおす。あの子のことは信じている。悪いことはしていないはずだ。密造酒を飲んだり、隠れて煙草を吸ったり、年上の男たちとつるんだりするタイプではない。まさにその反対で、何をするにしてもつねに明確な理由があるようだ。

そのとき、いつもベッドのヘッドボードを守っている猿が消えているのに気づいた。バスルームともうひとつのベッドルームも確認する。猿はいないし、日記帳もない。

「わたしが猿を盗むと思った？☺」

「繕うのを手伝ってくれる人がいるの😆」

肩の力が抜ける。何も問題ない。プレイグのサーバーに接続する。まだ回答はない。

イェシカに三度目の電話をかける。こちらも出ない。

「会わない？」

「仕事中」

くそ。イェシカはすねているようだ。リスベットはその理由を考えようとする。何か言ったり、したりした？　すぐに次のメッセージの着信音が響く。

「いまは仕事優先。また今度ね」

リスベットは携帯電話をベッドに放り投げてシャワーを浴びる。必要だからではない。まだ三日か四日しか経っていない。時間をつぶすためだ。


プレイグからワスプへ。**「ムービータイムだ」**

音質はいまいちだ。リスベットはゼンハイザーのヘッドフォンを取りだし、雑音のなかの音声を拾う。スヴァラが把握したとおり、サロとその家族は脅迫されているようだ。だが、一度聴いただけでは理解できないことがほかにある。リスベットは動画の最初に戻り、何度もくり返し再生する。

第六十七章

「こんにちは、ミルトン・セキュリティーのリスベット・サランデルです」

「そうですか。ご用件は？」サロは身振りで椅子をすすめる。本人は大きな机の前に座り、椅子を揺らしている。背後には何段もの棚に大量のファイルが並んでいる。書類の山は完璧に整頓されている。スーツは皺《しわ》だらけだ。汗とすえたアルコールの悪臭が部屋に充満している。

「わたしはサイバーセキュリティーの専門家です。現在、ガスカス警察に協力して、あなたの息子さん、ルーカスの失踪事件について情報を集めています。いくつか質問があるのですが」

「どうぞ」サロは言う。「コーヒーは飲みます？」

「いいえ、けっこうです。捜査では、あなたの家族へある種の脅迫がなされていることが明らかになっています。あるいはおもにあなたに」

「心当たりはありませんね」サロは言う。

「風力発電所の建設と関係して？」

「あれは大事業です。いろんな利害が絡んでいます。当然いつだって意見のちがいはあるわけで、なかったらおかしいですよ。だが脅迫？　そんなものはないですね。知ってることは、もうすべて警察に話しましたよ。何度もね。あの子が姿を消したのはわたしにも謎なんです」

「あなた自身のお考えは？」リスベットは言う。

実際、自分はどう考えているのだろう？　サロは向かいの風変わりな女をしげしげと眺める。年齢不詳。痩せこけていて薄汚い。ティーンエイジャーのような服装で、髪は黒く染め、鼻にピアスをつけている。十四歳から四十四歳のあいだのどこか。現実の人間とは思えない。

66・301252、20・387050。
十九時。ひとりで来い。

「何か身元を証明するものはお持ちですか？」

リスベットはミルトン社のIDカードを手渡す。

「ああ、あなたですか。例の記者と探偵ごっこをしてると聞きましたよ」

サロは水差しからグラスに水を注ぎ、鎮痛剤を三錠入れる。頭痛と疲労がウイルスのように身体に居すわっている。家ではペニラがずっとすすり泣いている。オフィスでは同僚たちが不安にかられた動物のように走りまわっている。自分の子どもも危ないと思いこんでいて、実際そのとおりかもしれない。「警察へ行け」というのがサロのアドバイスだ。「警察は市民を守るために存在するんだ」

サロは行動力ある男だ。物事を実現する男。問題解決人。だがいまもっぱら望んでいるのは、部屋にいるこの化け物が出ていき、ドアに施錠して来客用ソファとボトルのもとへ戻ることだけだ。残念ながら一日はまだ終わっていない。〝ひとりで来い〟

「用件はそれだけかな？」サロは言う。「やらなきゃいけないことがいろいろあってね」

リスベットは携帯電話を取りだす。わずか数秒で、何が再生されているかサロにはわかった。あの小さな悪魔め。子どもでさえ信用ならない。

「マリアンヌ・リエカットに会いにいきましたね」リスベットは言う。

「ええ」サロは言う。「話をしに」

「おかしな話し方ですね。脅迫しているように聞こえますけど」リスベットは音量をあげる。

「やめてくれ」サロは言う。「実際よりもひどく聞こえる」

「わかります。それに、土地所有者の腕をひねりあげて風力発電事業に土地を売らせても、わたしは別にかまいません」

「使用許可を与える、だ」サロは言う。「売るわけじゃない。土地の使用許可を与えて、その見返りに年に数十万を受けとる。指一本動かさずにね」

「ご説明どうも。でもおもしろいのはそこじゃないの」リスベットは携帯電話をサロに近づける。

〝やつらに追われてるんです。土地を手放してもらわなくちゃならない。ぼくのために、そうしてください〟

「というわけで」リスベットは動画を閉じる。「ぜんぶ話すか、さもなくば今晩は警察で上映会がひらかれる」

サロは立ちあがり、ゆっくりと部屋を歩く。窓際で足をとめる。川の水位は高い。考えるとほっとする。簡単なことだ。ストール滝へ行く。岩から飛びおりて押しよせる大量の水とひとつになる。

「息子さんのことですよ」リスベットは言う。「見つかってほしくないんですか？」

見つかってほしいのか？　何より望んでいるのは、家にいる人間の残骸の代わりにペニラを取り戻すことだ。ぜんぶおまえのせいだという非難を免れることだ。なんていまいましい結婚生活のはじまりなんだ！

「もちろん見つかってほしい」サロは言う。「だが、こっちのやり方でやる必要がある」

「誘拐者と取引するつもり？」

「言ったでしょう、犯人はわからないって」サロは言う。「動画は好きにしたらいい」

「最後にひとつ質問をして、それで終わりにします。どうしてリエカットは〝あなたのために〟しなきゃならないんですか？」

サロは振り向く。化け物の無感情な目でじっと見られながら、髪を手でかきあげる。

「あの人はわたしの母親だからだ」

第六十八章

サロは位置情報を少なくとも三度は確認し、町議会のガレージから車を発進させる。カールスボリかピーテオへ向かう材木運搬トラック数台とすれちがうほかは、ほとんど車は走っていない。カラック湖を通りすぎ、左折してコブダリスへ向かう。

地図を確認する。知らない場所ではない。そこへはときどき足を運ぶ。小口径ライフルを車のトランクに入れ、小石をつつきに未舗装の道へ出てきたオオライチョウを狙い撃つために。

材木運搬トラックが方向転換する空き地の奥にバンがとまっている。黒のフォルクスワーゲン・トランスポーター。サロはその隣に車をとめて窓をおろす。

「会いたいということでしたね。来ましたよ。望みはなんです？」

「車をおりろ」

知らない声だ。口のなかが渇く。足もとはおぼつかない。サロは小柄な男ではない。だがこの男は、少なくとも頭ひとつ分は背が高い。黒い服を着て覆面をかぶっている。馬鹿げている。安全で小さな町ガスカスに、ワグネルのようなやつがいる。夜に外出するとき、鍵を錠に差しこんだままでも平気で、うしろを振り返って見る必要すらない場所なのに。どうしてこんなことになったんだ？

「状況を真剣に受けとめていないようだな」男が言う。

「できることはすべてした」サロは言う。「あの子はどこだ？」

「どの子だ？」

息が詰まる。喉で鼓動が脈打つ。声がうわずる。ルーカスはもう――？

「問題はおまえをどうするかだ。土地所有者の心を変えられなかったのだから、もうおまえに用はない」男はサロの襟をつかむ。「だがわれわれは親切だから、もうひとつ選択肢をやろうと考えた」男はサロを引っぱって後部座席のドアまで連れていく。もうひとりバンから出てくる。同じ黒い服。多少なりともうかがえるのは目だけだ。〝こいつをなかに入れろ〟。女の声だ。女は懐中電灯でサロの顔を照らしてスライドドアをあける。

まぶしい光に目がくらみ、はじめは何を見ているのかわからない。檻？　犬？

「ほら見ろ《ヴォアラ》」男が言う。「知り合いに挨拶しろ」

サロは顔をそむけて嘔吐する。

「おいおい、愛する人への挨拶にしちゃ、いまいち感じがよくないな」男は手荒くサロを檻のほうへ向かせる。檻のなかの身体は動いていない。顔は血まみれのぐしゃぐしゃで、沸騰する湯に頭を突っこんだかのようだ。だが、それでも誰かはわかる。サロはむせび泣く。檻の棒のあいだから手を入れて、女の手をとろうとする。

〝メッタはやめてくれ、おれのメッタはやめてくれ〟

「ご覧のとおり、ロミオよ、われわれは親切にもこの女を生かしておいた。かろうじてだが、それでも生きてはいる……憶えていると思うが、この女を好きにしていいと言ったのはおまえで、われわれはたしかにそうしたわけだ」男は言ってくすくす笑う。「おまえがこいつにご執心な理由はわかった」

土曜日。父が家に帰ってくる。ヘンリィとヨアルがそれを見張っている。ガレージに隠れて車を待つ。父が車からおりる。ヘンリィはハンマーを振りあげる。

大声をあげてヘンリィは女を押しのけ、男を殴る。一度、それから二度。パンチがどこに当たったのかわからない。女の笑い声は少女のように甲高い。そしてすべてがまっ黒になる。

どれほどかはわからない。ずいぶん時間が経ってから、サロは車のドアをあけてまた嘔吐した。トランスポーターは姿を消し、氷点下の気温のせいで窓の結露が凍っている。フロントガラスの氷を落として涙を流す。

ガスカスへは戻らずに、ストール滝へ車を走らせる。ホテルの手前で道をそれ、急流へ向かう。幅の狭い木の橋を全力疾走で渡る。岩で足を滑らせてずり落ちながら、いちばん奥へたどり着いた。安全柵を乗りこえ、轟音をたてる水を見おろす。

神よ。前にも話しましたね。生きて事態を収拾させろとおっしゃいますが、わたしにはできません。聞こえますか？　もう無理です。まずルーカス、そしてメッタ。わたしもやられます。

わたしをいまのわたしにしたのは、いったい何でしょう？　ちょっと褒めてほしかっただけなんです、わかりませんか？　わたしがすることはすべてこの土地にとっていちばんのことで、家族にとっていちばんのことなのに、誰もわかってくれません。だから神よ、もうたくさんです。

そこでサロの電話が鳴る。

神よ、電話ならほかのときにしてくれ。そこでわれに返る。携帯電話を取りだす。ペニラだ。

「どこにいるの？」

「滝」

「そんなとこで何してるの？」

「これから飛びおりる」

「ヘンリィ。そんなとこに近づかないで。川から離れて。いますぐ」

「無理だ」サロは言う。「もう手遅れなんだ。何もかも手遅れだよ。悪いな、ペニラ。きみのせいじゃない」

「まずルーカスで、今度はあなた。どれだけクソ自分勝手かわからないの？」

「わかってる。だが、どうしようもないんだ」

「だめ」ペニラは言う。「そんなことはさせない」

ペニラは怒っていた。ミカエルに八つ当たりした。だが、ペニラは馬鹿ではない——誰もがペニラはいい人だと思っていても。信頼できる人。ほかの人に手を差しのべる人。

サロがそんなふうに思っているのは悲劇だが、いまの状況ではそれが有利に働く。サロはペニラにあまり秘密を隠そうとしてこなかった。しかしペニラはサロの机をあさっている。コピーをとっている。ポケットを調べて名刺や電話番号を手に入れている。サロがソファで眠りに落ち、ログアウトするのを忘れたパソコンで個人メールを確認している。

〝ヘンリィが死んだら、ルーカスは戻ってこない〟

ペニラは車へ走り、スピードをあげてストール滝へ向かう。最低でも三十分の道のりだ。雪がかなり降っている。もっとかかるかもしれない。

ペニラは話しつづける。あらゆることを口にする。なんだってかまわない。ときどきサロは返事をする。「聞いてる？　ヘンリィ？」「ああ」「わたしたちが出会ったときのこと、憶えてる？」「うん」サロは言う。「話して」ペニラは言う。「どんなふうに出会ったか」

「きみは合唱団でツアー中で、ぼくは聴衆のなかにいた」

「つづけて、もっと聞かせて。それからどうなった？」ペニラは叫ぶように話す。周囲には急流の轟音が響いている。川までの小道は、雪のせいでなかなか進めない。手遅れにならないうちにたどり着かなければ。

「きみはとても美しかった」サロは言う。「それに善良で」

「わたしは善良なんかじゃない」ペニラは大声をあげる。「普通の人間よ……飛びこまないで！」川の轟音のなか大声をはりあげる。柵を乗りこえ、下を見ないようにする。「あなたのうしろにいる」

「だめだ」サロは言う。「きみはわかってない」

「かもね。でもあなたが飛びこんだら、わたしも飛びこむ」

「ルーカスがいるだろ。あの子は生きてる」

「どうしてわかるの？」

「やつらが言ってた。ぼくが神のまねごとをして、ひとりの命を別の命と交換したときに」

「やつら？」ペニラは叫ぶ。「いったい誰のこと？」

サロはあきらめる。明らかに今日はまだそのときではない。

「うしろにさがれ」サロは大声で返事をする。「そっちへ行くから」なんとか柵をこえる。ペニラを抱きしめたい。抱きしめられたい。ふたりともびしょ濡れで震えている。アドレナリンが出ていないと岩は滑りやすく、夜は視界が悪くてまっ暗だ。ペニラにすべてを話したい。不安を打ち明けたい。安心したい。

ペニラの車でふたりは体をあたためる。エアコンの吹きだし口に手をかざす。肌が徐々にサロの身体に戻ってきて、イメージが消えていく。

「あなたたちが話すのを聞いてたの。あなたが彼女に電話したとき」

「誰？」サロは言う。

「メッタ・ヒラク。それで番号がわかって、ショートメールも読んだ」

〝身体。血。檻〟

「メッタのことはまちがいだった。一度きりの過ちだよ。ある日、彼女が鍵を持って姿を現わした。二、三杯酒を飲んで、気がついたら――」

「やめて！　もうたくさん」〝警察に突き出してやる、このクソ男。確実にそうしてやる〟

サロの頭痛はやわらいだ。真実を語ることで心の平静に近づいた。この数ヵ月で初めて、ある種の落ちつきを感じた。「ルーカスを取り戻すぞ」サロはペニラの手に自分の手を重ねる。

ペニラは手を引いてギアを入れる。「今夜はうちで寝るの？」

「そうしてほしい？」サロは言って車をおりる。ドアを閉めるか閉めないかのうちに、ペニラは車を発進させた。

第六十九章

スヴァラはハーラズでバスをおりる。〈ブリッタのツリーホテル〉へ向かって歩く。

「こんにちは」スヴァラは言う。「お父さんが〈ザ・セブンス・ルーム〉を予約してるんです。ペーデル・サンドベリ。もう少ししたら来ます」

「ようこそ、当ホテルへ」受付係は予約を確認する。「承っています。二泊ですね。お父さんがいらっしゃるまで、支払いはお待ちしましょうか？」

スヴァラはためらう。そうしてもらいたい気はやまやまだが、それは愚かだろう。スタッフに詮索されるリスクは冒せない。

「いえ。お金を預かってきました」スヴァラは二万三千クローナをカウンターに置く。

前回は森を抜けて裏から来た。観光客の集団にまぎれてロッジからロッジへ移動し、建物や照明について知るべきことをほぼすべて把握した。重要な情報、木の上にある各ロッジが地面からどれだけ離れているかも。

二万三千クローナは猿の貯金のほぼ半分だ。ザ・セブンス・ルームは最大のロッジで、地上十メートル。トウヒの木々のあいだにあるU字形の建物だ。突き出たふたつの寝室部分のあいだに目の粗いネットが広がっていて、吊り下げられたテラスのようになっている。スヴァラはバルコニーの扉をあけ、バランスをとりながらネットの上へ歩みを進める。腹ばいになって下の世界を見る。時間はたっぷりある。そのうち暗くなる。

継父ペーデルとの約束時間の三十分前に、スヴァラは小道を通ってフロントへ行き、カードキーを一枚返した。「あたしはチェックアウトします。試合のチケットが手に入ったから」スヴァラは言う。「でもお父さんは明日まで泊まります。お父さんはあたしをガスカスまで送って、そのあと戻ってきてチェックインしますね」

ペーデル・サンドベリは鳴りをひそめている。だからといって邪悪なことを考えるのをやめたわけではない。むしろ反対だ。復讐を思い描いている。あの屈辱は忘れられない。手足をついた自分。警官のクソ女《ビッチ》に蹴りを入れられる。背後からの最初の一発のことは考えたくもない。カラテキッドのことを考えただけで吐き気がする。だが、最悪なのはほかのやつらだ。輪になって立ち、声をあげて笑っていたスヴァーヴェルシェーの連中。あのときだけではない。いまもこれから先も、永遠に笑われる。

あれから数日経ち、股間の痛みはなくなったが、肋骨は何かがおかしい。おそらく骨折している。咳をするなど論外だ。笑う気にはそもそもなれない。グロックを手にとって両手で握り、弾丸の雨が撃ち裂く身体を想像する。腕、脚、内臓。最後の数発で脳が壁一面に飛び散る。すでに気分がよくなってきた。

復讐の考えに夢中で、仕事があるのを忘れるところだった。

実のところ、おまえにはトイレ掃除の値打ちしかないが、もう一度チャンスをやろう。あのガキを捕まえろ、名前は……ああ、スヴァラ。そいつだ。ハードディスクを差しださせて、ガキを消せ。

撃てってことですか？　指示を正しく理解したか確認しようと、ペーデルは尋ねる。

そのとおりだ、ソニーは言う。ハードディスクさえ手に入ればいい。ガキが消えさえすれば、あとは好きにしろ。まずはそこからだ。ガキのあとにはもっとデカい仕事があるが、その話はまたあとでだ。

どうせなら警察のビッチたちを撃ちたい。あの小さな悪魔が大切だというわけではないが、ペーデルの身体にもわずかばかりの良識がある。

［おまえのママのことで情報が入った。会う時間はあるか？］

［十七時に〈ボンジョルノ〉？］　スヴァラから返信が届く。

［オーケー］

愚か者め。

三時にスヴァラは〈ボンジョルノ〉へ立ち寄る。

「スヴァラ、ずいぶんひさしぶりだね。元気かい？　お腹はすいてない？」

「大丈夫、お昼食べたばかりだから。これ、ペーデルに渡してくれる？」スヴァラは言って、小麦粉で白くなった手に手書きのメモを押しつける。

「もちろん」男は言い、ママ・メッタのことを尋ねる。

「えっと」スヴァラは突然あわてだす。

普段こんなふうに心を動かされることはない。スヴァラは感情を飲みこむのが得意だ。おそらく場所のせいだろう。ママ・メッタがそこに座って笑っているのが見える。自分とママ・メッタ、ふたりがいっしょにいるのが見える。

ぜんぶあいつが悪い。悪いことは正さなければならない。


ペーデル・サンドベリは馬鹿ではない。自分ではクソ頭がいいと思っている。ツリーホテルの裏から少し離れた林業車両用の小道へ車で乗りいれ、ドアをロックしてキーホルダーを前輪に入れる。途中で鍵を落とさないように。そして木の上のロッジへと向かう。

このホテルは世界的に有名だ。ジャスティン・ビーバーや、小鳥さんごっこをしたい馬鹿どものためだけではない。ここは国家に指名手配されたスパイが公安警察から隠れていた場所でもある。この種のことをペーデル・サンドベリは忘れない。いつか自分も有名になる。順調にそこへ向かっている。

〝警察のビッチめが。まあ落ちつけ。いずれあいつの番がくる〟。来週はブランコに会う。たしかにソニーには話していないが、二股をかけて死んだやつはいない。〝おまえのようなやつが必要だ〟。

当然だ、必要としないやつがいるだろうか？
ザ・セブンス・ルームはいちばん奥のロッジだ。グーグル検索して確かめた。なんて愚かなガキだ。これ以上は望みようがない。ホテルの部屋にふたりきりになる。そこで撃つもりはない。それこそ馬鹿のすることだ。だが闇にまぎれて立ち去れば、誰にも姿を見られないだろう。
スヴァラは時間を確かめる。七時五十五分。コーヒーマシンの電源を入れ、〈シンゴアラ〉のビスケットを皿にあける。最終確認をする。

ハイ、アミネ（アミネ・カカバベ。イラン生まれのクルド人で十九歳のときにスウェーデンに亡命し、現在は国会議員）、あなたのことを読みました。十三歳のときに家族のところから逃げて、ペシュメルガ（イラクのクルド自治区の治安部隊）の戦闘員になったんですよね。わたしも十三歳です。わたしが家族から逃げているんじゃなくて、家族がわたしから逃げています。今晩は継父に会います。ミソジニーと人権抑圧をぜんぶまとめてひとつにしたような人間です。わたしもあなたと同じぐらい勇敢になれるようにと願っています。

ハイ、スヴァラ、メッセージをありがとう。読んで悲しい気持ちになりました。十三歳の子が、あなたのように戦わなければならないなんてことがあってはいけません。法律の観点から見れば、あなたは子どもなんですから。でも状況によっては選択肢がないことを、あなたもわたしも知っているのですよね。どうか気をつけて。アミネより。

ペーデル・サンドベリにも選択肢はあるのか？

もちろんある。最悪な人間になろうとしているのと同じぐらい必死に、最善の人間になろうとすることもできたはずだ。個人にはつねに選択肢がある。しかし破壊的な選択肢が最も手っとりばやい。理解しあう必要がないからだ。われわれのなかの戦士は、あるいは動物が相手なら猟師は、遺伝学的に受け継がれた機能である。他方で無条件の愛、利他主義、万人への思いやりは後天的で、エネルギーもよりたくさん必要だ。

社会を根本から変えるには、どうすればいい？　グローバリズム、多文化主義、大量移民を支持する腐敗した政治家から手をつけなければならない。やつらのもとにある政治体制、国家機構や政党には、やつらの手下がたくさんいて、そいつらは抹殺されなければならない。そうだ友よ、抹殺だ。誰も本来の問いに取り組んでいない。地球はどう生きのびればいいのだ？

やあ、マルキュス、あんたのＴＥＤトークを見たよ。信じられないほどすげえ。加われる組織はないのか？　それか、おすすめの映画とか？

ペーデル、目を見ひらいておけ。おまえのように考える者がたくさんいる。われわれは発展し、組織化していて、より広い社会へ浸透しつつある。すぐにわれわれの時代がくる。マルキュス

階段をのぼっていくと不利になるが、それでものぼらなければならない。継父に会えてうれしい子のもとへ。失うものは何もない。認めざるをえないが、あのおかしな子に再会したらうれしいだろう。あの子はクレイジーだが、誰だってそうじゃないのか？　スヴァラのことはなんとでも言えばいいが、メッタが言うような子なら歩みよってくるだろう。格闘も大騒ぎもなし。死が複雑である必要はない。

本当か、マルキュス?!

本当だ、ペーデル。生きることを宿命づけられていない人間がなかにはいる。

ドアが一度ノックされる。ドアノブが下がる。スヴァラの脈拍数があがる。ペーデルが何かを企んでいるのは明らかだ。

「ひさしぶりだな」ペーデルは言い、あたりを見まわす。「悪くない場所に引っ越したじゃねえか。どっかの年金生活者から金を奪ったのか？」

「貯金してた」スヴァラは言う。「コーヒー飲む？」

「もらおう」ペーデルはサンドイッチビスケットをばらして、なかのジャムをまずなめる。「カエルの子はカエルだな」満面に笑みを浮かべ、歯の隙間があらわになる。「母さんから、ひとつやふたつはものを教わったわけだ」

「うん、そうだね」スヴァラは日記帳をひらく。「読んで聞かせたいものがあるんだけど」
「いいぞ、聖書でなければな」
ママ・メッタの聖書。

二〇一六年三月四日。カリックスの売人とトラブル。ペーデルはわたしについてきてもらいたがる。なぜかと尋ねると言う。「おれが新しいことを学べるようにな」。アパートに到着する。夜。五、六歳の男の子がドアをあける。ペーデルはキッチンに腰かけて父親、つまり売人と話す。男の子とわたしは子ども番組を見る。口論が起こる。男の子は動揺している。聞こえないようにベッドルームへ閉じこめる。その子はどっと泣きだす。

「そのクソはなんだ?」ペーデルが言う。
「待って」スヴァラはつづきを読む。

ペーデルは売人をキッチンの椅子に縛りつけ、頭からはじめる。耳たぶを切り落とす。それからもう片方も。男は悲鳴をあげたり、情けを乞うたり、支払うと約束したりする。男の子も泣き叫んでいる。わたしはペーデルにやめてほしいと言った。オーケーとペーデルは言って、銃を取りだす。それをわたしに向け、ナイフを差しだして、どちらか選べと言う。切りつづけるか、撃たれるか。撃たれるほうを選んだけれど、ペーデルにはその勇気がない。わたしたちはアパートを去る。あとでペーデルはスヴァラに八つ当たりする。夜は救急外来で過ごした。

スヴァラは日記帳を閉じる。「二百ページ。図書館でコピーして、安全な場所に隠してある」

「何がほしいんだ?」ペーデルは言う。

「何がほしいと思う?」

「金にきまってる。いくらだ?」

「あんたの汚らわしい金なんてほしくない。ママがどこにいるか知りたいの」スヴァラは言う。「教えてくれなければ、日記帳は警察に届く。とくにわたしを殺したらね。そうなったら、もうあと戻りはできないから」

すでに気づいていたが、ペーデルは武装している。おかしなことではない。単純に一歩先を歩きつづけていればいい。ペーデルは戦略家ではない。怒りを原動力に行動する。さらに言うなら、臆病者で高いところが大嫌いだ。バルコニーへすら出ようとしない。

「日記じゃ何も証明されない」ペーデルは言う。「そんなクズは誰だって書けるからな」

「ほかにも証拠がある」スヴァラは言う。嘘ではない。猿には秘密がたくさん隠されている。正しいときに正しいカードを出せばいいだけだ。

ペーデルは笑い、銃をスヴァラへ向ける。「ちょっくらドライブするぞ、おまえとおれとで。まずはハードディスクを取りにいって、そのあと、おまえのお楽しみとゲームはおしまいだ」

「まずはあたしを捕まえてみなよ」スヴァラはすばやい身のこなしでネットに数歩出る。練習しておいた。揺れるネットの上でバランスをとる術を心得ている。ペーデルが戸口で躊躇するのもわかっている。スヴァラは携帯電話を取りだしてカメラをペーデルへ向ける。〝はいチーズ、継父ペーデル〟。フラッシュがペーデルをとらえる。銃を持ち、すさまじい形相をした完璧なポーズだ。送信。

「ここで撃つのは馬鹿げてるよ」スヴァラは言う。「みんなに聞こえる。フランス人観光客が数本先の木の〝鳥の巣〟にいるからね。あたしを捕まえられたら、おとなしくついていくって約束する」

ペーデルが愚かにも下を見ると、地面がうねっている。スヴァラが憎い。このいまいましい状況すべてが憎い。甘く接してやったせいで罰を受けている。いきなりとっ捕まえずに、コーヒーを飲んでおとぎ話を聞いてやった。いまここで撃ってもかまわないが、暗さとネットの揺れを考えると外すリスクも充分ある。ペーデルはスナイパーとは言いがたい。近くで人を撃つほうが好きだ。サイレンサーは自宅のベッドに置いてきた。銃声はハーラズじゅうに響きわたるだろう。スヴァラのほうへ数歩進むと、ネットは思ったよりしっかりしている。ハハ、おそらくこっちが足を踏みだすとは思っていなかったのだろう。

スヴァラは弧を描いて動く。ロッジから離れず、U字形のもう一方の翼につながる反対側のドアを目指す。ペーデルは遮ろうとするだろう。ともかくスヴァラはそれを当てにしている。そうならなかったら？　唯一のバックアップはリスベットへ送ったばかりの写真だが、このあたりの道は曲がりくねっているし、ガスカスからは最低でも三十分はかかる。スヴァラは足をとめる。ペーデルは近くまで来た。心の準備はできている。

〝時間を稼げ。敵にバランスを崩させろ〟

「ママがどこにいるか教えてくれたら、日記帳とそのコピーを渡す」スヴァラは言う。

あの売女がどこにいるか、ペーデルが知っているとでもいうかのようだ。あの女は何かを企んでいた。ペーデルにはわかってる。ペーデルのおかげで、メッタの計画は頓挫した。

「あいつは、ビッグなやつらとつるみたかったんだろう」ペーデルは言う。「だが、あまりうまくいかなかったようだ」

「それって誰のこと？」スヴァラは言う。「あのバイク乗りの馬鹿たち？」

肋骨がここまでひどく痛まなければ、ペーデルは笑っていただろう。

「黙ってろ」ペーデルは言う。「逃げられると思うなよ。部屋に入って町に戻って、さっさと終わりにしよう。おまえに文句があるわけじゃない。おれにとっておまえはただの仕事だ。すぐに終わるし苦しませない」

「どっちにしろ撃つんだから、教えてくれたっていいじゃん。あたしが秘密をしゃべる暇はなさそうだし。でしょ？」

手に負えない小さな悪魔。母親と同じだ。

「信じようが信じまいが知ったこっちゃねえが」ペーデルは言う。「あいつらの名前は知らない」

「どこにいるかも？」

「誰も探さないような場所だな」ペーデルは言う。「あいつはおれといるべきだった」ペーデルは一歩うしろへさがり、さらにもう一歩さがる。

〝クソ、考えなきゃ。こいつの弱みを利用する。そして怒らせる〟

「ママはヘンリィ・サロと付きあってた」スヴァラは言う。

「みんな知ってる」ペーデルは言う。

「言いたいのは、あんたとママがいっしょにいるあいだずっとってこと。ママはあんたを裏切ってたんだよ。できるときはいつもサロと寝てた」

〝よし。一歩前に踏みだした〟

「ずっと知ってたんだから」スヴァラは言う。「よくママとあたしで冗談言ってた。サロの指輪を指につけてるのに気づかないなんて、なんて鈍いんだろって。メッタとヘンリィ永遠に、ってやつ。ふたりはカップルだってみんな知ってるよ。もちろん、あんた以外みんなってことね」ペーデルは壁に身を寄せながら、スヴァラがたどったのと同じルートで前進する。荒い息づかいがわずか数メートル先に迫っている。やばい。壁から離れさせなければいけない。

ペーデルは銃をかかげる。怒りと理性が衝突する。もうあと戻りはできない。

スヴァラはドアへ向かって走る。まさに計算どおりに、ペーデルはスヴァラの行く手を阻もうとまっすぐネットを横断してくる。だが、安全な場所まであと数メートルのところで、スヴァラは足を滑らせて転倒した。

ペーデルはスヴァラの髪をつかんで立ちあがらせる。ドアに押しこまれそうになったところで、スヴァラはペーデルの肋骨に肘打ちをくらわせた。激痛が走ってペーデルの腹は煮えくりかえる。ペーデルはスヴァラの腕をつかみ、子ども時代の遊びのように背中のほうへひねりあげる。

痛いか？

痛くない！

これは？

痛くない！

ならこれは？

ぶちっ。夜の銃声のように靭帯が裂け、腕が関節窩から外れる。一瞬ふたりとも動きを止めた。

前蹴《まえげ》り。初心者が最初に習う動きで、ふさわしい状況ではひときわ効果のある技だ。正しいかたちでやりさえすれば。膝をあげて脚を前にスナップし、足が当たる場所へ力を集中させて、強力なひねりを加えることで腰に仕事をさせる。

もう一回。そう。ホテルの部屋がふたりの道場だった。クッションがパンチングパッドだ。才能あるよ、リスベットは言い、バスローブの帯を腰に結んで一礼する。

片腕のぼろぼろのぬいぐるみ、スヴァラ・ヒラクは遠心力をフル活用して前蹴りの準備を整え、身体のある場所へそれを決める。ギリシャの海辺のホテルのような名がついた場所。ソーラー・プレクサス、みぞおちだ。太陽へ向かう最後の旅。ペーデルの身体は大きな弧を描き、ネットの端に立つガラスの柵をこえていった。

十メートル下へ落ちる百キロの身体は悲鳴をあげない。すなおに岩の上に落ちて首が折れる。

怖がらないで。あんたは戦士なの。何も考えないで。やるべきことをやるだけ。

腕は痛くない。先天性無痛覚症には利点もある。関節障害と萎縮はもっとあとの症状だ。だが腕が使えない。しかも左腕が。

日記帳をリュックサックに入れ、ふきんに食器用洗剤をつけてキーカードとコーヒーマシンの持ち手をぬぐう。照明のスイッチを切って扉を閉める。少し立ち止まって耳をそばだてる。森は静かだ。曲がりくねった階段を早足でおりた。

十三年の人生の大部分を、継父ペーデルから逃げる方法を考えてすごしてきた。いま、あいつはそこに横たわっている。無力になり、永遠にスヴァラの人生から消え去った。うれしくはない。悲しくもない。虚しいだけだ。

〝あいつ、日記帳を手に入れて満足しとけばよかったのに。これからどうやって見つければいいの、ママ・メッタ？〟

ザ・セブンス・ルームの下までわざわざ足を運ぶ人がいなければ、死体は明日まで見つからないだろう。だが、どこかの好奇心の強い観光客がまさにそれをしたら？　死体の脚をつかんで持ちあげようとしてみたが、重たすぎて片腕では動かせない。腹の下にピストルが見える。マガジンを外し、それと本体をリュックサックへしまう。自分のうしろポケットからキーカードを取りだしてペーデルのぐにゃりとした指に何度か押しつけ、それを彼のコートのポケットへ滑りこませた。

小枝が折れる音。スヴァラは動きをとめて息をひそめる。また音がする。くそ。ここで見つかったらおしまいだ。足音。離れていく。戻ってくる。地面にうつ伏せになり、腹ばいで反対方向へ進む。森の端までたどり着ければ安心だ。

小声。自分の名前。「スヴァラ？　そこにいるの？」

リスベットだ。スヴァラは立ちあがり、ロッジの下の暗闇へおばを連れていく。

「クソの山につまずかないように気をつけて」スヴァラは言う。

「死んでるみたいだけど」リスベットは言い、スヴァラはうなずく。「ほんとに？」スヴァラはまたうなずく。

ペシュメルガの戦闘員は、闇に守られた森へそっと姿を消した。

救急外来へ立ち寄り、応急処置として腕を関節窩にはめてもらったあと、スヴァラは第三クォーターにちょうど間にあうタイミングでそこへ到着した。ビョルクレーヴェンとの試合で、ガスカスが三対一で勝っている。

十時四十分、猿といっしょにベッドに入る。携帯電話を定規にして、Aの文字の下に新しい欄をつくる。

〝死亡〟

第七十章

サロは書斎へあがる。ソファへ横たわり、考えをまとめようとする。

マルキュス・ブランコの問題と、先手を打ちつづける方策に集中しなければならない。サロはいつでもそうする。だが、いま考えているのはあの少女のことだ。あの子とメッタ。どれほどちがう人生になっていただろう。

そして何よりマリアンヌ・リエカットのことを考えている。すべてあの少女のせいだ。

〝すごくいい人なんだから〟

父が仕事で家をあけているとき、母は人生を楽しんでいた。生き生きとして笑い、息子たちといっしょに過ごす。外へ出てきのこやベリーを摘む。助けあって家畜の世話をし、いつも戸口に片足を突っこんでいる貧困と戦った。

なぜいい思い出は忘れてしまったのだろう？　そうしたほうが、裏切りに耐えやすくなるからだ。

あの女も被害者だった。

だが、あの女はふたりの息子を捨てた。自分の世界に閉じこもり、ふたりを外に取り残した。赦すことのできない者は、恨みがましくなる。

いまいましいクソガキだ。サロは立ちあがってブーツを履き、ここへ引っ越してから初めて山へつづく小道に足を踏みいれた。

森がどんな場所なのか忘れてしまった。

森はサロが狩りをしにいく場であり、どうしても必要な戦場で、どちらにしても邪魔な草木が茂っている。突然ほかのものも意識に飛びこんでくる。岩の裂け目に根をはり、光に向かって貧弱な枝をのばす一本松。円錐形の蟻塚。湿地に生えるラブラドルチャはまだ緑で、触れると香りを放つ。

森は少しずつ胸襟をひらき、サロへ語りかける。放ってさえおかれれば、森はすべてを生きのびる。見る目のある者に森は与える。

自分の存在を形づくる邪悪なことは一切考えなくなる。小道は徐々に姿を消していく。一歩一歩、前へ進むたびにほかの考えが追いやられる。滑りやすいブーツの下から消えてなくなる。

丘を迂回するのがいちばん楽だが、サロはそのまま頂上までのぼり、昔いつもヨアルといっしょに座った場所へ腰かける。サロとヨアル。農場とそこで暮らす人間を監視する鷲のように。怒りに満ちた足どりが庭にあるか否かで、家に帰っていいかがわかる。

ブランコ・グループが建設を望んでいるのはここだ。風が最もよく吹く頂上の場所。自分とヨアル、ふたりの山。

ズボンの生地に湿気が染みわたる。サロはまた歩きはじめて、より険しいが近い道をおりて家へ向から。日が落ちる。気温は氷点下になる。明かりはついていない。煙突から煙も出ていない。ようやく勇気を出して人間として会いにきたら、相手は留守だ。畜生。

玄関の段をあがる。扉を試してみる。あいた。

子ども時代からいまも残る反射運動のように、ただいまという言葉が身体に染みこんでいる。おかえりという言葉が返ってきたら、なかへ入っても安全だ。

答えはない。ブーツを脱いで、上着をフックにかける。廊下の明かりをつけて、キッチンの扉をわずかにひらく。

最初に目に入ったのは脚だ。まるでキッチンの椅子に絡まっているように見える。

「母さん」サロは言う。忘れられていた言葉。

応急処置をするには手遅れの母は、サロの子ども時代からあるぼろきれでつくった古いラグに手足を広げて倒れている。青い模様の上に赤い色が広がっている。

サロはそのそばへ腰をおろす。顔を自分のほうへ向ける。弾丸に額を撃ち抜かれた顔の残骸を。マリアンヌ・リエカットが即死したことを祈るばかりだ。

サロはおぼつかない足どりでシンクへ向かう。戸棚にもたれかかって、これからどうするか考えようとする。いちばん自然なのは警察へ通報することだろう。マリアンヌの死にサロはなんの関係もない。だが、無実だとはとうてい思えない。誰が手を下したかは関係ない。サロはギャンブルをして自分の母を賭け、いまその母は死んでいる。自分のせいだ。

第七十一章

誰も探さないような場所……

リスベットはスヴァラのようすを確かめる。まだ眠っている。夜遅くまでかかった。ようやくすべての話をスヴァラから聞きだした。〝誰も探さないような場所〟。脅迫の計画とネットにあいた穴。

スヴァラの説明のうち、最後の部分は疑わしいとリスベットは思っている。高級ホテルが安全面の確認を疎《おろそ》かにするのはおかしい気がするが、まあそんなことはどうでもいい。ときには半端な真実のほうが受け入れやすい。ペーデル・サンドベリがこの世を旅立ってもなんの損失もない。

〝誰も探さないような場所〟

図書館までの道中ずっと、このフレーズがリスベットの頭を離れない。

ミカエル・ブルムクヴィストはひとりではない。遠くからでもリスベットにははっきりわかる。警官だ。この町には警官がうようよいるようだ。やっぱりそうだ。ビルナ・ギュードムンドゥルドッティルが手を差しだす。「わたし、重大犯罪班の所属なの」ビルナは言う。「誘拐事件の犯人をふたりで調べようとしてるって、ミカエルから聞いた」

「それも調べようとしてる」リスベットは言う。

「ごめん、あなたの名前、聞き逃してた」ビルナは言う。

「言ってないから」ミカエル・ブルムクヴィストの知り合いにかまっている暇はない。自動販売機でコーヒーを買い、図書館司書に地図の部屋はどこかと尋ねる。

「待ってくれ、リスベット」ミカエルが言う。「資料をもう一度洗ってみないか。いくつかつけ加えたいことがあるんだ」

「マルキュス・ブランコって人は知ってる？」リスベットはビルナに尋ねる。

「ううん。風力発電所に入札してる企業のひとつがブランコ・グループだってことは知ってるけど、マルキュス？　知らない」

「どうして尋ねるんだい？」ミカエルが言う。

「アルマンスキーから助言みたいなものをもらったの」

「ほかに新情報は？」

〝警官の前で言えるようなことはないな〟

「地図の部屋にいるから。話が終わったら来て」

リスベットは標準的な縮尺一万分の一の住宅地図から取りかかる。この地域の家、道路、湖などが記されている。町のいたるところに個々の家につながる無数の小道があって、そうした家の多くは湖のそばにある。一つひとつの家をしらみつぶしに調べるのは物理的に不可能だろう。ほかの出発点を見つけなければならない。

別の縮尺の地図を取りにいくのではなく、リスベットは紙と筆記用具を貸してほしいと頼んだ。

誰も探さないような場所はどこ？


〝下水トンネル〟

〝人の住んでいない建物〟

〝廃坑〟

〝町議会オフィスの屋根裏〟

〝警察署の地下〟


そして手をとめる。そもそもいまは冬だ。最後のふたつを残して、すべて線を引いて消す。それから残りのふたつも消したが、〝人の住んでいない建物〟は戻す。

人の住んでいない建物は、暖房が切られている住宅だけではないかもしれない。


〝倉庫〟

〝ガレージ〟

〝工業用建物〟

リスベットは鉛筆を嚙み、建設的に考えようとする。この町は面積では地域でいちばん小さい。だが、行方不明者が見つからない程度には広い。少なくとも死んだ人は見つからない。たとえばメッタの日記に記された七人。ミカエルにその人たちを調べさせようと思っていた。ここにいても女の笑い声が聞こえる。図書館では静かにしなければいけないのを知らないのだろうか？

リスベットは『エクスプレッセン』紙と『ガスカッセン』紙を確認する。ハーラズで男性の死体は見つかっていない。いまのところ。二泊分の料金を払ったあの子はかしこい。ペーデルにスヴァラの殺害を命じたやつは、ペーデルの死体が見つかったらいっそう殺意を募らせるだろう。あの子の身は危ない。問題はハードディスクを手渡すだけで充分かどうかだ。リスベットは、すでにファイルを自分のノートパソコンへコピーした。パスワードがなければハードディスクは金属のスクラップにすぎない。リスベットの考えが正しければ、メッタの身柄を拘束している者はまだパスワードを聞きだせていない。残る問題はひとつ。メッタは生きているのか。

新しいアイデアはもう何も浮かばない。紙をくしゃくしゃに丸め、あてもなくほかの地図をいろいろとめくる。何を探せばいいのかわからない。いや。問題は、地図に載っていない可能性のあるものは何かだ。

「すみません」数席先の高齢男性にリスベットは声をかける。「地図にはいろんなものが載っていますよね、人口から海抜、家、工場、病院とかまで。地図に載らないものって、何かありますか？」

「そうだな、いい質問だ」老人は言う。「考えさせてくれ」

リスベットはそっとミカエルのほうを見る。ミカエルは椅子に座り、前かがみで携帯電話をいじっている。リスベットはハーラズについてまた簡単に検索する。ニュースはまだない。もう一時になろうかというのに。

家に帰りたい。扉に鍵をかけて世界を締め出す。窓の前で丸まり、果てることなく橋を渡る車の流れを見守りながら、ピザの脂があごをつたって落ちる。

「うーむ」老人が言う。「きみは地図のことを知りたいと言ったね。わたしが思いつくのは軍事施設ぐらいだよ、地下シェルターとか、そんなやつだな。わたしが知るかぎり軍事施設は廃止されたものですら地図には載らない」

「ガスカスにそういう施設はある？」

「ボーデンとエルヴスビィンの基地にとても近いことを考えると、ぽつぽつといくつかあるんじゃないかね」

「でも具体的には何も？」

「子ども時代の記憶がぼんやりとあるな。親の知り合いが森の土地を買ってね、おまけに地下シェルターもついてきたんだが、場所は憶えとらんな」

リスベットはまた住宅地図を広げる。

「思いだしてみて」リスベットは言う。「農場か何かだったら、そこへつながる道路があるはずでしょう？」

「わからんね。一部の村、とくに住民がわずかしかいないところじゃ、一九五〇年代終わりまで道路がなかったからなあ。もちろん踏み分け道はあったし、馬や荷馬車の小道もあったが」

老人は地図を指でなぞる。ぶつぶつひとりごとを言い、地名をすらすら口にする。「このあたりのどこかにちがいない」老人はそう言い、ほとんど町全体を囲う輪を描く。

リスベットの忍耐は限界に近づいている。まったく進展がないまま、また一日が過ぎ去ろうとしている。

「わかった」リスベットは言う。「じゃあ、あてずっぽうでいい。思いつきで。正しくなくてもいいから、とにかく言ってみて」

「ここ」茶色い染みのついた人さし指で、老人は何もない辺鄙《へんぴ》な場所に嗅ぎ煙草の跡をつけた。

老人が立ち去って司書がよそ見をしているあいだに、リスベットは地図をたたんで上着のなかにしまった。

「わたしはもう行くけど」リスベットは言う。ミカエルは携帯電話の代わりにノートパソコンをひらいている。

「マリアンヌ・リエカットがサロの実の母親だって知ってたかい?」

「うん、サロから聞いた」

「じゃあ、ニュースは見ただろう」

「ううん、何?」

「マリアンヌは殺された。射殺だ。キッチンの床で死んでいるのが見つかった」

「発見者は?」リスベットは尋ねる。突然、また一日に意味が戻ってきた。

「ヘンリィ・サロ」

第七十二章

メッセージは夜中にやってくる。男はそれを翌朝に見る。

〝例のものは始末しろ〟

少年は眠っている。この二十四時間の大部分は眠っていた。掃除屋は少年のようすを確かめる。水は少し飲ませられたが、何も食べようとしない。

鷲に襲われてできた傷は癒える気配もなく、それは当然だ。くちばしが頭に食いこんでいた。鉤爪で身体をつかまれて連れ去られようとしていた。海鷲は子トナカイを連れて飛び去ることもできる。食うか食われるかの世界では、少年は生きのびる運命になかったのだろう。

いつもとちがってコーヒーは淹れず、掃除屋は外へ出た。雪は居座ることに決めたらしい。月が変わって十一月になった。肉は容器に四分の一ほど残っている。最後のごちそう。

空は晴れている。オオライチョウが驚き、はばたいて逃げていく。決断しなければならない。

海鷲の鳴き声は掃除屋には謎だ。鳥の本によると、この鳥は比較的おとなしい。例外は繁殖期で、そのときにはクマゲラのような甲高い声をあげる。

餌の台に大きな肉の塊をいくつも広げると、それを見つけた掃除屋の鷲たちが鋭い声をあげる。〝なんてたくさん〟鷲たちは騒ぎたてる。〝みんなに充分行きわたるぞ！〟

一羽、二羽、三羽。鷲が地上におり立つ。だが掃除屋はいつものように隠れ場所に横たわることなく、小屋へ戻って掃除をはじめる。

自分の痕跡を消すために掃除する。掃除をして涙を流す。餌をやらなければ、いまいる鷲の少なくとも半分は死ぬ。それをわかっていながら掃除する。掃除をして、丸太小屋での二年を振りかえる。ここへやってきた数々の死体。それらは鷲のひなになり、卵からかえって、およそ十週間後には最初の羽ばたきを試みる。

あの少年は別だ。

掃除屋のような人間にも、例外がなくてはならない。

心は決まった。少年にはケアが必要だ。ルーカス。

頼れるのはひとりしかいない。ヘンリィ・バルク。いまの名はヘンリィ・サロ。

あの声。〝兄さん〟いつもsとfをうまく発音し分けられない。なぜなら前歯が……〝地獄で焼かれちまえ、あのろくでなし親父〟

「お望みのものがこっちにある」声が言う。

「誰です？　もしもし？」

「ヨアル」ようやく声が言った。「場所を提案してほしい」

「何がそっちにあるんだ？　望みのものって」サロは訊く。

「あとでわかる。場所を提案してほしい」声がくり返す。

サロは電話をおろす。罠である可能性だって充分にある。メリットとデメリットを秤にかける。ヨアル抜きでつづく人生、あるいは欠けていたものを取り戻すチャンス。

「おまえがヨアルだって、どうしてわかるんだ？」

「兄さんは肩と肩のあいだに生まれつきあざがある」

そんなことは誰が知っていてもおかしくない。ヘンリィ・サロは自分の身体を恥じてはいない。

「うちの馬の名前はポントゥスで、親父がトラクターでひき殺した子犬の名はフィン」

「ヴァイキヤウルとクヴィックヨックのあいだに小屋がある」サロは言う。「位置情報を送る」

「これから出発する」

「じゃあそこで」

「ひとりで来てくれ、じゃなきゃ後悔する。兄さんでも関係ない」


小屋にやってきたときから、いつか終わりが来ると掃除屋にはわかっていた。アフガニスタンで終わりが来たのと同じように。シリアでも。〝マリでも〟

少年は麻薬で眠らせている。小屋は炎に包まれている。残留物——骨、頭蓋骨、ＤＮＡ。念のためだ。

掃除屋とは来ては去る存在だ。しばらくコミュニティをきれいに保ち、より汚い場所へ移る。

少年は木箱に詰められている。人が見れば棺と言うだろう。掃除屋は木箱を手で引きずり、数キロ歩いて四輪バイクのもとへたどり着く。バイクは雪で覆われている。車のほうがいいし、せめてスノーモービルでもあればいいのだが、ともかくトレーラーとスノーチェーンはある。トナカイの毛皮を敷いて座るつもりだったが、それを少年の上にかけて蓋をする。トレーラーをバイクに連結して木箱を紐で固定し、道へ出た。

二十キロほど走ったところで待避所にバイクをとめ、少年のようすを確認する。中間地点でまたバイクをとめ、四角のガソリン缶から補給する。

紐をゆるめて蓋を少しあける。少年は眠っている。眠っているだけだよな？　顔には動きがない。〝おい。起きろ。危害を加えるつもりはない。指示に従ってただけだ〞。少年はわずかに身体を動かす。目をひらいて、また閉じる。雪が顔に落ちてとける。掃除屋は少年の頰をぬぐい、蓋を閉めてバイクを発進させた。

夕方が夜になる。たき火が静かに燃えている。人びとが肩を寄せあって座っている。双眼鏡ごしに一人ひとりが見える。そのなかに反政府勢力がいると言われている。見えるのは女、子ども、老人だけだ。男はいない。

何かのまちがいにちがいない。だが作戦は計画どおり実行される。

ひとつの太鼓がリズムを刻む。コーラ（西アフリカの二十一弦の楽器）のしらべを頼りに村へ向かう。自動火器の発射は非人格的だ。拡散する。誰が誰を撃っているのか、誰にもわからない。その後すぐに撤退する。数時間眠る。翌朝、現場へ戻る。彼はライフルの床尾で死体をつつく。女の身体が片側に落ちる。その下でふたつの目がひらく。少女の若いまなざし。その目に恐れはない。わたしを撃てと言っている。いますぐ撃て。

「そのまま死んでおけ」ヨアルは言う。「そのまま死んでおけ」

第七十三章

ヘンリィ・サロの人生はめちゃくちゃだ。天気も同じである。ＳＭＨＩことスウェーデン気象・水文研究所が暴風雨警報を発令した。クヴィックヨックへの道でブリザードが発生して通行できなくなるおそれがある。可能なかぎりスピードを出して車を走らせる。ヨックモックまで来た時点で雪の吹きだまりが道路のあちこちにできていたが、ほかに選択肢はない。運転しているのが電気自動車でないのがさいわいだ。まだ百キロ以上の道のりがある。ガソリンはタンクに半分。ペニラと連絡をとろうと三度目の電話をかける。

〝ただいま電話に出ることができません、メッセージを――〟サロは携帯電話を助手席に放り投げてラジオをつけた。

「イギリスの鉱業会社ミーミルが、ガスカスの廃坑のすぐ南で露天掘りの鉱山をひらく計画を許可されました」

「この決定は、地元住民と環境保護運動を含む幅広い抗議にもかかわらず下されたものです。ユネスコもコメントを発表し、鉱山は先住民サーミ人の権利を侵害すると主張しています。県の行政委員会はミーミルの申請を却下していましたので、この種のものとしては異例の決定と言えます」

「政府とスウェーデン鉱業監督庁は、先の決定を覆す選択をしました。スヴェン＝オーケ・ノルドルンド大臣、産業相としてこれをどのように正当化なさるのですか？」

「今後もレアアースメタルの確保を保証するには、スウェーデンにも世界にも新しく安全な鉱山が必要です。レアアースは、たとえば電気自動車のバッテリーを生産するのに必要です。グリーン産業への転換は今日の社会においてひときわ重要だと言えます。ミーミル鉱業は今回のようなケースでは珍しい契約条件に同意していて、それによってトナカイの放牧に影響が及ばないと明言しているのです」

「発表の直後に気候活動家のグレタ・トゥンベリがツイートをして、政府の決定はスウェーデンを辱めるものであり、人種差別という蛮行であると――」

そこでサロはラジオを切った。

いまいましいラップ人と環境ナチスめ。クソみたいに毎回文句を言いやがって。こっちは町にとって最善のことを望んでいるだけなのに、どうしてわからないのか？

また電話が鳴る。同じ番号。声。〝弟の声だ〟。野太い声。暗い声。

「いまヴァイキヤウルで曲がるところだ」嵐のせいで回線が乱れる。「ここからどれぐらい？」

「ビョルクネースまで四十キロ、それから右折してナウティヤールへ向かえ」サロが言うと電話が切れる。

別れたとき、ヨアルは九歳だった。いまは三十九歳。問題はそのあいだに何があったのかだ。サロは現在のことへ頭を引きもどす。またブランコが浮かびあがってくる。期限は過ぎた。メッタは手はじめにすぎなかった。次はルーカス。そのあとは？　おそらくペニラで、最後は自分だ。ペニラに電話する。すでに憎まれていても、彼女の声を聞きたい。最悪の状況に陥れば、これが最後になるかもしれない。その考えが頭を離れない。ヨアルとは三十年も連絡をとっていなかったのだ。いまはどんな人間になっていてもおかしくない。

「あなたがめちゃくちゃにしたんだから、解決するのもあなたでしょ。もうこんなとこにはいられない」ペニラは言う。

「どこへ行くんだ？」サロは言う。

「オロフソンといっしょに――」どこへ行くのか聞かなくても、サロはすべてを悟った。微妙な所作、言葉、挨拶、ほのめかし。どうして気づかずにいられたのか？

「きみとオロフソン？」サロは言う。

「このろくでなし」ペニラはむせび泣く。「わたしの望みは、ルーカスが戻ってくることだけなの」

頼むから、これ以上泣くのはやめてくれ。耐えられない。

「あいつは、きみにはちょっと歳が上すぎないか？」

「この大馬鹿野郎」ペニラは電話を切った。

最後の十キロは、雪の吹きだまりのあいだを抜けて這うようにしか進めない。ヘッドライトをハイビームとロービームに交互に切り替える。フロントガラスのワイパーが湿り気のある重たい雪と格闘する。ときどき車をとめて雪の塊を叩き落とさなければならない。小屋へつながる短い道は見落としかねない。四輪バイクが通った跡は、すでに雪に覆われている。最後の数歩は、一メートルもの高さがある吹きだまりのなかをなんとか進んだ。ほのかな明かりがキャビンの窓からさしている。

第七十四章

人里離れた場所。森、湖、小川、山からなるほとんど道なき場所のどこかで、車椅子に座った男が満足している。今日はいろいろなことができた。人形に新しい技をいくつか教えた。メッタ・ヒラクと茶を飲んだ。また腕時計を確認する。時間管理に必要な回数よりもかなり頻繁に時計を見る。腕はあるが脚はないと、そういうことになるのかもしれない。あるいは腕時計の特別な由来のためだろうか？　自分は左利きだが、なぜか右の手首に腕時計をするのはおかしい気がする。ポール・ニューマンはそんなことをしないだろう。

ほかの者たちもうすぐやってくる。ブランコは同じ場所にとどまり、静けさを楽しんでいる。シャンパンを二本あけてカナッペの皿をまっすぐに並べ、スピーチの準備をする。

今晩は鷲の巣でパーティーをひらく。なんと二十五周年記念だ。ほかのことも祝いたいが、やがてそのときがくるだろう、まちがいない。さまざまな苛立ちのもとがすでに取り除かれた。ほかも順に片づいていくはずだ。

みんな着飾っている。ややフォーマルにブランコへ軽く頭を下げてから、半円形の大理石のテーブルにつく。今日はこの席を祝ってテーブルクロスがかかっている。

「われわれにはビジョンがあった、子どものころからすでに」ブランコは言い、芝居じみた間をあける。「金を稼ぎたかった。世界を見たかった。ともに火のなか水のなかを潜り抜けてきた。まさに文字どおりの意味でそうした者もいる。ニコシアでの魔法のような夜をいまでも憶えている。ルーフテラス、食事、ワイン、穏やかな夜の空気。そこでわれわれは何者になりたいのか、どうやってそこへたどり着くのかをはっきりさせた。あのとき、われわれは岐路に立った。過去と一線を引き、将来に目を向けるときとなったのだ。それ以来、ブランコ・グループの活動は大きな成功を収めている。不動産、鉱業、セキュリティー、エンターテインメントの盤石な組み合わせ。だがわれわれはけっして満足せず、つねに前へ進もうとしてきた。ほかの事業は世界中へ広がっているのに、なぜわざわざ北へ進出するのかと思っただろうが、答えはこうだ。〝われわれはルーツへ戻る〟」

〈狼〉、〈クズリ〉、〈熊〉、〈山犬〉、〈大山猫〉。〈大山猫〉のほかは、みんな十歳のときからの知り合いだ。パーセンテージを計算できるようになって以来、ずっとビジネスをしてきた。貯え、投資し、開発した。みんな互いに異なるが、それでも似ている。〈狼〉は根っからの戦士だ。〈クズリ〉はもの静かで、おそらくいちばん頭が切れる。〈熊〉はテクノロジーの達人。〈山犬〉は銃のフェティシスト。それに〈大山猫〉。ブランコの目が彼女へ向けられる。これほど忠実な女には会ったことがない。この先、男に尽くすことがないのはやや残念だ。もちろんブランコを除いて。さらに言うなら子どもをつくれないのも。

「がんなの」というのが彼女の最初の言葉だ。なぜ人と異なる人生を選んだのか。その問いへの答えがそれだった。ブランコたちとの人生。「母、母の姉、わたしの姉。そしてわたしもすべてを摘出された。二十四歳で女として役立たずになったの。少なくとも生殖の面ではね。でもそんなふうには思ってない。わたしの体内時計は卵子によって時を刻んではいない。わたしの人生はホルモンに支配されていないの。ほかの女にはない自由がわたしにはある」

いまでは、子どもをつくれないのは〈大山猫〉だけではない。連帯を示す集団の行為として、みんな断種している。子どもや家族は、単純にこの一団のライフスタイルになじまない。

「いつものように、この夕べも講話からはじめようと思っていた」ブランコは言う。「未来についての講話、と言っていいかもしれない」

〈狼〉が咳払いする。「悪いがサンドイッチをひとつつまんでもいいか？　腹が減って仕方ない」

〈狼〉のことをあまり知らなければ、マルキュス・ブランコは激怒しただろう。〈狼〉は頭のできはいまいちだが、忍耐力は表彰ものだ。ああ、それにもちろん忠誠心も。ほかの者に欠けている側面も持ちあわせている。共感力だ。その理由から、ブランコがまったく別の話題を打ち明けているのは、騎士団のなかでも〈狼〉だけだ。地球の破壊。

偉大な男はみなそうだが、ブランコも自分のアイデアを文章にして具体的なかたちを与える必要を感じる。ただし読者なし、聴衆なしで。〈狼〉とブランコは、ときどきふたりきりで顔をあわせる。ブランコが音読し、〈狼〉が鈍い頭で徹底的に質問して、やがてメッセージはガラスのようにクリアになる。〈狼〉は一度理解するとあとには戻らない。ブランコの味方になる。ブランコをヒトラーとも緑の党の活動家とも呼ぶが。

「基本的に、緑の党とグレタ・トゥンベリは正しい」ブランコは言う。「人類は、そもそも生きていくのに必要な地球を破壊しつつある。地球の滅亡を避ける近道は存在しない。気候の脅威は、科学者や注目を集めたい少女たちの発明品ではなく、現実だ。人間と人間のニーズ——暖かさ、食料、移動手段、快適な生活を必要とすること——は、この地球にとって最大の脅威であり、逆説的に人類への最大の脅威ですらある。残酷に聞こえるかもしれないが」ブランコは言う。「地球が生きのびるには、人類の大部分が死ななければならない。政治家のやわらかい言葉に翻訳すると、だいたいこんなふうになる」ブランコは愛しのフリップチャートとポインターを持ち出す。

一　現在生きている世代は、生殖能力のある最後の世代になる。人間が生殖をやめなければ、地球はバランスを取り戻せない。
二　化石燃料による温室効果ガスの排出を助長したり排出限度をこえたりする企業は罰金を科され、事業活動を禁じられなければならない。
三　国民は、化石燃料由来の温室効果ガスを出す車両の使用を禁じられなければならない。
四　使用を許されるのは、気候中立《クライメイト・ニュートラル》のエネルギーだけである。
五　状況の深刻さを世界に認識させるのに強制力が必要なら、それを用いなければならない。

「政治に参入しようというのですか？」驚きをこめた声で〈クズリ〉が言う。「政治家は嫌いなのだと思っていましたが」

「たしかに嫌いだが、みんな知ってのとおり、いまは新しい風が吹いている。人びとは過保護にされるのに飽き飽きしてきているのだ。そこに好機があると思う」

ブランコのリストには、ほかの点もある。たとえば死刑。だが、ブランコは新しい金正恩《キム・ジョンウン》になるつもりはない。焦点はブランコ自身にはない。ブランコは無名の存在で、これまでずっとそうだった。脚がないことはなんの関係もない。身体の一部を欠いていることで精神は強くなった。ブランコは生まれながらのリーダーだ。よきリーダーは賞賛を必要としない。服従を必要とする。

ヒトラーの世界なら、まっ先にガス室行きだっただろう。脚のないできそこない。無価値な障害者。下等人種《ウンターメンシュ》。

「だがみんな、われわれがここにいるのは、講話のお楽しみのためだけではない。食べて飲まなければならない！　われわれの今後の人生に乾杯《スコール》」ブランコはグラスをかかげる。「すばらしい人生になるだろう」

〈山犬〉が〈熊〉と交替する。誰かが見張り番をしなければならない。会議室のモニターからは、部屋の周辺しか見えない。誰かが訪れてきたときのためだが、そんなことはこれまで一度もない。

入口の階のすぐ上にある中二階の制御室では、さまざまなカメラの視界を切り替えられる。ブランコの個人用スイートルームを除く屋内、地下シェルター、大広間、監房、外の敷地。数千ヘクタールにおよぶエリアがフェンスで囲われている。

だが手順に従わず、〈山犬〉は監房へ足を運ぶ。売女のヒラクには飽き飽きしている。薬物常用者はどこか汚い気がする。それに見た目も、生きているというより死んでいる感じになってきた。ブランコがなぜあくまで生かしておこうとするのか、〈山犬〉にはわからない。

「あいつはおもしろい」ブランコは言う。「それに、一度たりとも泣いていない」

他方で人形は、モカ・クリームケーキのように魅力的だ。あどけない表情と子どもの引き締まった肉体を持つエキゾチックな禁断の果実。

ひとり寝台に横たわって泣きじゃくっている姿を、いつもじっと見つめる。彼女を見ているとやさしい気持ちがわいてきて、心から抱きしめたくなる。滑らかな茶色い肌をなで、なぐさめの言葉を耳に囁く。ときどき彼女と話すためだけにそこへ足を運ぶ。シーツを替えて時間を稼ぐ。

「起きてるか？」ドアのハッチから〈山犬〉は囁く。身体が動く気配はない。今度はもう少し大きな声で言う。「起きてるか？」

〝やっときた。ずっと待ってた〟

彼女は身体の向きを変えて〈山犬〉を見る。「なんの用？」

「入ってもいいか？」〈山犬〉はあたりを見まわして、地下シェルターの奥深くまで誰も迷いこんでいないことを確認する。暗証番号を押してドアをひらく。

「寒いか？」〈山犬〉は彼女の隣に座る。

〝落ちついて、チャンスは一度しかない〟

「あなたはいつもよくしてくれる」彼女は言う。「ほかの人たちとはちがってて」

「ほかも別に悪いやつらじゃない。ただ仕事をしてるだけだ」

「あの女が最悪」ソフィアは言う。

「あいつは厳しいやつだからな」〈山犬〉は言う。

「でもあなたはちがう」ソフィアは〈山犬〉にもたれかかる。


最初の数日はあまりにも恐ろしく、何も考えられなかった。モンスターと呼ぶほかにないあの男はこちらの弱さを楽しんでいるが、それはある程度までだ。男は炎と情熱を求めている。ソフィアはそれに従う。男のごくわずかな身振りにも服従する。よろこびを与える。男が立ち去るやいなや、指を喉に突っこむ。

〝家族でただひとり生き残ったんだから。目撃者として。死なずに生きる責任がある〟

遅かれ早かれ、モンスターは自分に飽きるだろう。ソフィアはわかっている。一味のひとり、いまベッドに座っている男が監房をうろつきはじめると、そこにチャンスを見いだした。

「名前は？」ソフィアは尋ねた。

「〈山犬〉」男は言う。ソフィアは〝おおかみ座《ループス》〟と呼ぶことにする。ループスは食事を運んでくる。

ソフィアはストックホルム症候群を装う。さいわい、この男は最後まではしなかった。モンスターにもいろいろなモンスターがいるのにちがいない。興奮が頂点に達してあえぐなか、ループスは食事のトレイを持ち去るのを忘れた。

ループスはソフィアに身を寄せる。身体に腕をまわす。ソフィアの手をとって股間に移動させる。ソフィアは生地の上から彼をさすってファスナーをあけ、きちんと触れるようにズボンをおろしてほしいと頼んだ。片方の手でマットレスの下を探り、もう片方の手で男のものを腹に反りかえるまで勃起させて、男はよろこびの声をあげる。ソフィアがさらに二、三度しごくと男の目が閉じる。最後に激しく手を動かし、男がまさに果てようかというときに、ソフィアはフォークをつかんで男の陰嚢に突き刺した。それを引き抜いて、何度もくり返し刺す。首、目、最後に心臓。男にそれがあったのなら。だが、それだけでは足りない。ループスには命がたくさんあると言われている。枕を顔に押しつける。最後に一度、男の両脚が痙攣《けいれん》する。男のベルトの鞘からナイフを取り出す。刃が研ぎすまされているのを確認して、監房のドアから忍び出る。すぐに出られるという実際的な理由から、男はドアを半びらきにしていた。

愛情深い自分からソフィアが逃げるとは思ってもみなかったのだろう。

第七十五章

キャビンの外にとまっているオフロード車両はカンナムで、トレーラーがついている。足跡がかすかに見え、何かを引きずりあげた跡が玄関前の段に残っている。

サロは銃に詳しくない。秋の週末は狩りの予定で埋まっているが、ショットガンの構造はほとんど知らず、当然、拳銃を持とうと思ったことはない。いまはそれを後悔している。

人生は矛盾に満ちている。たとえば、ある瞬間に死にたいと思っていても、次の瞬間には生きたいと思っている。何より死に方は自分で選びたい。ブランコの世界で、あるいは自分の休暇用キャビンで、どこかの麻薬常習者のガキのような野垂れ死にはしたくない。

屋内のぬくもりに全身を包まれる。火がパチパチ音をたて、石油ランプのやわらかな明かりがキッチンのテーブルを照らしていて、そのテーブルの前には自分と似た男が座っている。ダニエル王子のように髪をなでつけてはいないが。

掃除屋は立ちあがる。両手をこねくりまわす。手をどうすればいいかわからないとでもいうかのように。サロは安心した。パーカを脱いで帽子を帽子かけにのせ、キッチンのフロアを五歩で横切って、勢いよく弟に抱きつく。

逃げろヨアル、逃げろ。

もう逃げないよ。あいつを殺さなきゃ。

父の車が家の前にとまる。ふたりはガレージで待ちかまえている。ヨアルがハンマーを振りあげる。ときの声をあげて、そして……自分の靴紐を踏んでつまずく。

どれくらい抱きあっていただろう？　わからない。やっとヨアルがヘンリィの腕から身を離す。ヨアルが腰をおろし、ヘンリィは向かいの席に座る。

「話してくれ」ヘンリィが言い、ヨアルが話す。

「話してほしい」ヨアルが言い、ヘンリィが話す。

ふたりの兄弟。ふたつの人生。

「電話で望みのものがあると言ってたな」ヘンリィが言う。

「ことと次第によってはな」ヨアルは奥の部屋をあごで指す。

蓋をあける。トナカイの毛皮をめくる。ヨアルが額から髪をうしろに払っても、もう反応しない。

「おい、なんてことだ。ルーカスじゃないか。いったいどうして？　おまえの仕業だったのか？　ずっと居所を知ってたんだな」

「最初は知らなかった。おれはただの掃除屋だから」ヨアルは言う。

「おかしな掃除会社で働いてるな」

「この子は生きてる。だが、あまり長くはないかもしれない。鷲の餌食になったんだ」

「鷲？」ヘンリィは言う。「いったい何をしたんだ？」

「おれじゃない。海鷲だ。この子を連れていってもいいが、条件がひとつある。いや、ふたつだ。ビヨルク山のこと。ブランコが何を要求しようが、答えはノーだ。わかるか? やつにおれたちの山は渡さない。おふくろには、望みどおりにする権利がある」


「じゃあ知らないんだな」ヘンリィは言う。

「知らないって、何を？」

「母さんは死んだ。〈雑木林〉をおまえに遺して」

さまざまな記憶が部屋を駆けめぐる。三十年は長い。だが、場合によっては無に等しい。

「ブランコは、なんとしてでも思いどおりにしようとする」ヘンリィは言う。「ルーカスは手はじめにすぎない。おまえがあの場所を相続したわけだが、やつらの計画に従わなければ、おまえもリストにのせられる」

〝こっちにもリストがある〟

ルーカスが姿勢を変え、低い声をあげて目をひらく。ヨアルに手をのばして水を求める。降ったばかりの雪を木のカップに入れ、半どけになったもの。ルーカスはそれを飲んで、また眠る。

〝ペニラは絶対に赦してくれないだろう〟

「そのことはあとで話そう」ヘンリィは言う。「この子を病院へ連れていかなきゃならない」

〝そこでいったいなんて言えばいいんだ？　棺のなかで見つけたって？〟

ヨアルはヘンリィの腕をつかむ。「もうひとつ。おれには会わなかったことにしてくれ。おれがここを去ったら、二度と会うことはない」

「だとしたら、ブランコをなんとかしてくれ」ヘンリィは言う。「せめてそれぐらいできるだろう」

昔と同じ少年のような悲しげな目で、ヨアルはヘンリィを見る。

「ブランコってのは名前だけの存在だ。そいつのとこで働いてはいる。だが、そいつのことは知らないんだ」

弟はどこかへ車を向かわせる。兄はスンデルビィンの病院へ。棺はトゥリキヴィのストーブのなかで燃える。少年は熱のせいで譫妄《せんもう》状態だ。この子の母親は誰かの腕のなかで泣いている。

ヘンリィ、怖くないの？

怖がっても、なんの役にも立たないからね。

次はあいつを殺そうね。

ああ、そうしよう。いまは眠るんだ。

第七十六章

午後は夕方に近づいていたが、リスベットは車でガスカス北東部を偵察しにいくことにした。

「あたしも行きたい」スヴァラが言う。「行方がわからないのは、あたしのママなんだし」

「明日はテストがあるでしょう。あと体操服をかばんに入れるのを忘れないで」

自分のコメントにリスベットはほほえむ。親を演じるのはときに楽しい。ほかの甘い親と同じように、テイクアウトの食事用に百クローナ札を一枚置いていく。

地元のラジオ局にダイヤルを合わせ、またほほえむ。ほほえむだけではない。声をあげて笑う。

「昨日、ハーラズのツリーホテルで三十代の男性が遺体で発見されました。重大犯罪班のトップ、ハンス・ファステによると、事故死と見られるとのことです。男性は十メートルの高さから転落し、それによる負傷のせいで死亡したと思われます」

スヴァラのメッセージが届くと、あまり楽しくなくなった。

[あんたの彼女が電話してきたよ。ペーデルのことをたくさん訊かれた]

その後間もなく、〝彼女〟からリスベットにも電話がかかってくる。最後に話してからしばらく時間が経っていた。リスベットはうんざりして誘うのをやめていた。いつも同じ答えしか返ってこないからだ。〝ごめん、仕事中〟

「いまスヴァラと話したんだけど。ペーデル・サンドベリが死んだのは聞いたよね？」

「あの男の汚らわしい魂にご加護を」リスベットは言う。

「で、もちろん、あなたも何も知らないよね？」

「バービーの脚をした赤毛の女に、こてんぱんにやられたことのほかはね」

「やめてよ」イェシカは言う。スヴァーヴェルシェーの連中との夜のことは、いまでも気まずく頭のなかに残っている。ペーデルをぶちのめしたからではなく、やつに得意げによみがえらせられた記憶のためだ。レイプ、その後の恥辱、妊娠、中絶。自分ひとりで対処しなければならなかった十五歳の苦しみ。〝ママはスヴァットルーテンで股をおっぴらいてる〟。あいつを蹴り殺してやりたかった。人生にずっとつきまとってきた、あのにやけた顔に蹴りを入れてやりたかった。忘れられない言葉。ある種の言葉は、けっして脳裏を去らない。

「スヴァラは関係してるの？」イェシカは尋ねる。「ホテルによると、ティーンエイジャーの女の子が同じ部屋にチェックインして現金で支払いを済ませてたって」

「スヴァラはホッケーを観にいってた。終わったあと、わたしがホッケー場に迎えにいったから。そもそも、ペーデルには仲間内にたくさん敵がいたでしょ？」

「そりゃそうだけど、遺体のポケットからあるものを見つけたの。メッタ・ヒラクがつけてたらしい日記」

〝かしこい子。わたしが教えることなんて、すぐになくなっちゃう〟

「他人まで巻きこまれてるのは、ほんとにひどいと思う。本当に」

「そうね。いま何してるの？　よかったら会わない？」

リスベットは図書館から持ち出した地図を膝に広げ、嗅ぎ煙草の茶色い指紋をじっと見ている。どうやら湿地のまんなかのようだ。賭けだが、どこかから手をつけなければならない。

「ごめん」リスベットは言う。「仕事中。でもあとで連絡する」

孤独が不毛の地のように目の前に広がっている。森のなかに湿地と湖が点在するが、集落はなく、道路もほとんどない。何を捜しているのか、どこから手をつければいいのかわからない。手がかりといえば、どこかの老人の子ども時代の記憶だけだ。

防衛設備庁ならわかるはずだ。一九五〇年代に物件を売ったのなら、記録に残っているにちがいない。調べて連絡するよ。

ミカエル・ブルムクヴィスト。まだ何の知らせもない。

ブルムクヴィストがいちゃついてるあの警官は誰？

ビルナのこと？　ブロンドで、明るくて、魅力的な？

つまり、わたしにないものばかり。

リスベットは待避所に車をとめ、また地図を確認する。老人の記憶は完全にまちがっていた可能性もある。

ビルナを待つあいだ――リスベットの非難はまったく的外れだったわけではない――ミカエル・ブルムクヴィストはピッツェリア〈ボンジョルノ〉の一画に陣どってビールを飲む。三十分遅れるとビルナからメッセージが届き、ミカエルはＩＢから送られてきた位置情報をもう一度表示させる。ヘンリィ・サロとペニラの家だ。ふたりがそこへ引っ越す数カ月前。ミカエルはリスベットに電話する。

「もしもし。何をしてる？」

リスベットが何をしているか、なぜかみんな知りたがる。

「ちょっと偵察中、それだけ。暗くなってきた」

「老人の話からきさみが興味を持ったあの地図。写真を撮れるかな？」

「たぶん。でもどうして？」

「あとで話すから、とにかく送ってくれ、いいかい？」

「そっちは何をしてるの？」リスベットは尋ねたが、ミカエルは電話を切らなければいけないと言う。

「連絡をとりあおう。忘れずに送ってくれよ」

数秒後にそれは届いた。折り目がつき、何もない辺鄙なところに嗅ぎ煙草の染みがついた地図。

ミカエルはグーグル・マップでそのエリアを拡大する。周辺をタップして細かく調べ、自分の考えは正しいかもしれないと思いはじめた。リスベットに電話するが応答はない。もう一度かけたところでビルナが店に入ってきた。

洗ったばかりのブロンドの巻き毛が肩にぶつかってはねる。

彼女の笑顔は、まるでアイスランドの間欠泉の泡のようだ。とんでもなく魅力的。

だが、ミカエルはリスベットのことを考えずにいられない。正反対。彼女ほど剝きだしの人間には会ったことがない。ビルナが泉ならリスベットは火山だ。溶岩のように熱い。太古代岩石のように固い。

「失礼」ミカエルは言う。「ちょっと電話をかけなきゃいけなくて」

第七十七章

ソフィア・コナレは、自分がどこにいるのか知ろうとする。もうひとりの女の監房の外で足を止めるが、外から扉はあけられない。顔を合わせたことはあるが、話したことはない。ソフィアがモンスターのところへ向かい、もうひとりの女が彼のところから戻ってきたとき。

光、昼間。モンスターのベッドルームには窓のようなものがある。だがそこへたどり着くには、ほかの空間をすべて通らなければならない。オフィスか何か。人が動きまわり、電話をかけ、パソコンの前に座っていて、普通の人と同じように仕事をしているように見える。

監房が建物内のどこか離れた場所にあるのはわかっている。迎えが来るのは、たいてい夜が近くなってからだ。ときどきソフィアはモンスターの部屋で夜を過ごす。眠っているモンスターの身体のそばに横たわって起きている。耐えがたいのは脚がないことではない。マリには手足を失った人がたくさんいる。耐えられないのは、病んだ彼の頭に浮かぶものを知ることだ。彼は科学者。ソフィアはモルモット。

欲望がはけ口を見いだして一時満たされると、男は話をしたがる。演説を。身体を転がしてソフィアの腕にのっかり、暗闇を言葉でいっそう暗くする。時間のことをたくさん話す。迫りくる時間について。ひとりの指導者のもとに世界が束ねられる必要についても。

「わかるか、人形」男は言う。「われわれはみな、自分が巨大な機械の小さな歯車だと思いながら成長する。自分が何者でどんな見た目でも、誰もに何かしらの意義があると思いながらな。だが、それは正しくない。医学、技術、医療スキル、遺伝子操作などによって、われわれは自然淘汰という自然のプロセスを奪ってしまった。地球には限られた数の人間しか暮らせない。問題は誰が生きのび、誰が生きのびないかだ」

まさにソフィアがしたのがそれだろう。地球を手助けし、有益なものを何も提供しない人類の一部を消した。

監房のひとつには死んだ男が横たわっている。自分が逃げだす前にその男が見つかったら、ソフィアも同じく死ぬことになる。〝おれの家族〟とモンスターはほかのやつらを呼ぶ。〝そうだろう、人形？　家族が何より大切だとおまえも認めなければならん〟

ソフィアは足を止める。パーティーのようなにぎやかな話し声が聞こえる。一歩一歩、音のほうへ向かう。やつらの姿が目に入る。身を乗りだして数える。ひとりを除いて全員いる。やつらと自分のあいだにはガラス一枚しかない。そこを通りすぎなければならない。できれば姿を見られずに。窓の先の廊下の向こうには、階段とエレベーターがある。運がよければ自由へつながっている。運が悪ければ地獄へ。

〈狼〉は立ちあがり、ガラス扉のほうへ向から。〈山犬〉と交替する番だ。モニターで屋外カメラの映像を見る。またトナカイの群れがセンサーを作動させている。技術面の問題を解消しなければならない。この二年間、セキュリティーの方面では問題がなかったので、注意が疎かになっていた。朝のミーティングで議題にしなければ。ドアノブを押し下げる。最後に愛情をこめてみんなをひと目見る。シャンパンの泡のおかげで、〈狼〉は上機嫌になっている。自分たちが世界に刃向かっているのではない。むしろ反対だ。

ソフィアは廊下の最も暗いところへ戻る。必要なタイミングを逃してしまった。残る選択肢はトンネルへおりることだ。考えるだけで身震いする。そのあとは？　靴も屋外用の服もなしで？　熊柄の露出の多い少女用の寝間着だけで、冬の寒さをしのがなければならない。モンスターはそんな恰好のソフィアが好きだ。バムセ・ベアの寝間着にくるまれた無垢な肉のようなソフィアが。

二日目に地下世界の観光ツアーに連れていかれた。三つ目の角を曲がったあとは、方角を見失った。おそらくそれがやつらの狙いだったのだろう。角を曲がるたびに、さらなる扉、階段、巨大な部屋、はしご、トンネルがある。

仮にそこへおりられても、出口を見つけられる可能性は低い。賭けに出るしかない。エレベーターの扉が閉まると、ソフィアは疾走してガラス扉の前を通り過ぎる。〈大山猫〉の目の端には光線のように映る。防火扉を押しあけて石段を駆けあがり、やがてふたつの扉に行きつく。

直感は右と告げている。だがソフィアは左へ進む。一段飛ばしで階段をおり、突然、自分と自由を隔てるのは装甲防壁一枚になった。指紋認証装置に指を押しつけて外へ出る。

ソフィアは走る。最後に屋外を見たとき、地面は剝きだしだった。いまは雪が積もってふくらはぎの一部を覆っている。寝間着が太腿のまわりでひらつく。つまずいて立ちあがり、急げと自分に言い聞かせて、また転ぶ。群れからはぐれたヌーのように森へ逃げこむ。

横になって眠れと脳が告げる。ソフィアは走りつづける。いつも走ってきたように。はやく、裸足で、はっきりとしたゴールを見すえて。

リスベット・サランデルが方向転換してガスカスへ引き返そうかと思ったとき、使われていないトラクター用小道の数メートル先に光るものが見えた。ウインドウをおろし、グローブボックスから双眼鏡を取り出す。マツの木の下のほうに焦点を合わせ、幹に沿ってゆっくり視点をあげていく。カメラだ。いまいましいカメラがある。見つかるリスクを最低限に抑える位置に取りつけられている。枝から枝へ駆けまわるリスを目で追っていなかったら、おそらく気づかなかっただろう。ひとつあるということは、さらにある可能性がきわめて高い。

戦略的に考えようとする。トラクター用の小道沿いにしかカメラがないのなら、まだ見られていない。だが、待避所に向けられたものもあったら一巻の終わりだ。ここにいるのはまずい。ギアを入れて二キロ車を走らせ、次の待避所へ向かう。

ここにはトラクター用の小道も踏み分け道もない。そのうえ、あたりはほぼまっ暗になっている。

周囲を照らすのは月と雪だけだ。歩くか、明るいときに戻ってくるか。リスベットはノルランドの人たちと同じようにする。前輪にキーを置いてヘッドランプをつけ、溝を跳びこえて防獣フェンスか何かを断ち切って先へ進み、木々のあいだを突き進む。

森のなかを二キロ進んだ。雪は深くない。冷気によって表面は凍結しているが、持ちこたえるほど固いところばかりではない。ときどき足がはまりこむ。

汗が背中をつたう。喉の渇きを雪で抑える。地図によると、もうすぐ湿地にたどり着くはずだ。凍っているといいのだが。ときどき足を止めて耳をそばだてる。

〈狼〉は〈山犬〉が制御盤にいないのに気づいた。怠惰な野郎だ、見張り番のときにこっそりトイレに行くなんて。だが、誰にだって急にもよおすときはある。八秒後、監房とその他の空間のリアルタイム画像が更新されると、〈狼〉は警報を鳴らし、すべての出口が自動的に施錠される。

人形の監房の画像を拡大する。一度目はすべてが正常に見えた。二度目には手が見える。会議室と制御室のインターコムをつないで非常警報装置を鳴らし、自動施錠システムが作動する。指紋認証を経なければ出られない。〝なんでこれを標準手順にしないんだ？〟

「人形が行方不明。侵入の疑いあり。〈山犬〉はおそらく死んだ。武装して持ち場に散れ。おれは外を引き受ける」

脅威にさらされてはいるが、興奮せずにはいられない。地下シェルターの生活は単調でかなり退屈だ。〈狼〉は兵士である。〝ユニバーサル・ソルジャー〟であり、さまざまな戦争の温床の中心地で変化に富む生活を送っていたのに、いまはオフィスのルーティンワークに閉じこめられている。メッタまでこの騒ぎに巻きこまれる。誰かが監房のドアを勢いよくあけ、毛布を引き剝がして、入ってきたときと同じくらいすぐに立ち去った。メッタの身体は弱り切っていて、毛布をもとの位置に戻せないが、思考はニャカウレの小川の水と同じぐらい澄みきっている。

悪魔ども。やっとおまえらのときが来た。これって、あいつが言ってたことじゃない？　あの凶悪なやつが。やがてそのときが来る。これがあんたたちの世界の終わり《アポカリプス》だよ。まさにいまが！

力は衰え、冷気が意識に入りこんで歩みが遅くなり、思考が途切れ途切れになる。ソフィアはもはやどの方角へ進んでいるのかわからない。はじめは、寒さで木の幹が割れる音と突風の音しか聞こえなかった。いまはほかの音も聞こえて、どんどんはっきりしてくる。足音。それに激しい息づかい。電話の着信音と、それから声。ヌーは群れで移動する。数が多いと安全だ。孤立した動物は、やがて捕食者のターゲットになる。

〈狼〉はソフィアの足跡をたどる。やがて見つけられるだろう。あいつは裸足だし、まともな服も着ていない。追われた動物でも無限に走りつづけることはできない。突然、足跡がふたつに分かれる、というより交差している。あいつはひとりじゃない。〈狼〉はひざまずいてよく確かめる。ひとつの足跡は靴を履いていて、もうひとつは裸足だ。

猟師がいなければ狩りはできない。リスベットはしばらく足跡をたどる。木の陰に隠れて待つ。

リスベットおばさん、話さなきゃいけないことがあるの。

少女はベッドに腰かける。隣には猿がいる。

あたしがサロの家に侵入したの、知ってるでしょ？

うん。

あたし、嘘ついてた。家から出てきたとき、車はまだいたんだ。Fが森のなかまで追いかけてきた。あたしに向けて銃を撃ったの。やるかやられるかだった。

心配いらないよ、鴉が始末してくれる。

リスベット・鴉・サランデルが。

死体は見つけられなかったが、凶器は見つけた。乾燥した血のついた大枝。リスベットはそれを車へ運び、どこかに捨てようと思っていた。だがそのとき、クソいまいましいMが電話してきて、トランクに入れっぱなしになっていた。すべてに意味があるものだ。

何かが動くのがリスベットの場所から見える。おそらく男だ。その人影は前へ進む。足を止め、しゃがんで足跡を片手で払い、立ちあがってまた前へ進む。

〝もう少し先へ、もう少し先へ、いまだ！〟首のうしろへ一撃をくらった男は、雪に突っ伏した。

〝昔むかし、誰かがあんたを産んで、たぶん母乳も与えてくれてたことを考えなよ〟

横から攻撃がやってきたとき、リスベットには反応する間がなかった。リスベットの一撃で男は気を失いかけたはずだが、なんとか身体を回転させて下からリスベットの脚を蹴った。今度はリスベットが雪に突っ伏し、男のほうは立ちあがっている。大枝には手が届かない。

「立て」男は銃をリスベットへ向ける。リスベットはひざまずいて両腕をあげ、〝撃たないで〟という合図を送る。

〝こいつは子どもか？　ひょっとしたら発育不全の人間か？〟

「おまえは誰だ」

「散歩してた」リスベットは言う。「立ってもいい？」いまは生意気に振る舞うときではない。新たなチャンスを見つけなければならない。しかも大至急。

「まさにそうしろと言おうとしてたとこだ。もう少し先まで歩くぞ、おまえとおれとで。散歩が好きらしいな」

足跡をまたたどって、ふたりは歩く。リスベットが前をいく。男の不意をついていきなりひと突きくらわせれば、この状況から抜け出せる。男がもっと近くへ来なければいけない。リスベットは歩をゆるめ、木々のてっぺんで月がふたりのあとを追う。

「あっ！」リスベットは片足をひねってバランスを崩す。

「ったく」男は吐き出すように言い、リスベットの腕を引っぱって立ちあがらせる。

〝紳士だね。ありがとうブランコ、よくしつけてくれて。あんたの猿たちを〟

リスベットは身体を回転させ、手刀受け《しゅとうう》で男の手からリボルバーを叩き落とす。男はまさに予想どおりに反応し、リスベットの腕をとらえようとした。

よく見ていて、リスベット。空手もいいけど、接近戦ではクラヴ・マガがずば抜けて役に立つ。

フェレットのすばしっこさで、リスベットは男の手を逃れる。一瞬のうちに男の背後にまわった。正しく押さえつければ、つまり片方の腕を首の前にまわし、もう片方の手をこぶしにして首のうしろに当てたら、酸素の供給を絶てる。

アドバイスありがとう、イェシカ。でもわたしは背が低いから。

その代わりにリスベットは男の膝関節に右足踏み込みをくらわし、こめかみに横猿臂《よこえんぴ》の肘当てを決める。

膝の関節が小気味のいい音をたてて折れる。パンツのなかにもう一丁銃を持っていなければ、男は事実上無力だ。少なくともしばらくのあいだは。リスベットは男のリボルバーを拾ってもときた道を走って戻り、裸足の足跡をたどる。

雪にはどこか情け深いところがある。あたたかい気持ちにさせてくれる。夏に水浴びにいった森の小さな湖みたいに。海をずっと夢に見ていた彼女は、裸になって小さな湖で泳ぐ。ファトマがいて、アミナがいて、ママと弟がいる。パパは？　あのとき、パパはわたしを忘れた。でもいま助けにきてくれたの？

リスベットは少女を肩にのせる。〝おまえらみんな、この子の報いを受けさせてやる〟。動物の死体のように少女をかついで森を抜ける。たったひとつのチャンス。ひとり敵がいるということは、さらに姿を現わすだろう。〝車。どうか車が見つかっていませんように〟。何度か少女をおろしてかつぎなおさなければならない。月が車の屋根を照らしている。防獣フェンスと格闘して、そこを通り抜ける。ブランコたちが眠ったままでいますように。

第七十八章

ヘンリィ・サロの考えは不可解だが、咄嗟にとったのは当然の行動だった。サロはペニラに電話した。〝ただいま電話に出ることが――〟。嫉妬が腸捻転のように体内でのたくる。〝オロフソン、あの助平じじいめ〟

ペニラの息子はいまもトナカイの毛皮に包まれ、後部座席に横たわっている。死体をのせて運転しているのか、どこへ向かっているのかさえサロにはわからない。最寄りの病院はイェリバレだが、E4に出ると、北へ向かう車道は除雪されていなかった。除雪車はヴァイキヤウルで引き返し、ヨックモックへ戻ったのにちがいない。北へ向かう道には、四輪バイクの通った跡がかすかに残っているだけだ。いちかばちかに賭ける気にはなれない。ボーデンの南にあるスンデルビィンへ向かうしかない。

いや、本当にそれでいいのか？　問題は、この子が自由の身になったとブランコが知ったらどうなるかだ。誰に矛先が向くだろう？　当然、メッタだ……すでに一度、彼女の命をルーカスの命と引き替えにした。また取引をすべきタイミングだろうか？　サロは利己的なのではなく実際的だ。ルーカスが見つかったことにブランコが気づくまで、状況は変わらない。

みんながルーカスを捜している。あの記者、記者とつるんでいる女、警察、メディア……ブルムクヴィストに賄賂は通用しない。だが、たまには警察に有益なことをさせてもいい。

「ガスカス警察。ビルナ・ギュードムンドゥルドッティルです」

「ヘンリィ・サロだが」

「ヘンリィ。どうしたの？」

手はずどおり、ふたりは病院で会った。ルーカスは生きている。母親とはいまも連絡がとれない。

「わが子が行方不明なのに携帯電話の電源を切ってる。そんなやついるか？」サロは言う。

「メッセンジャーで連絡してみる。それはともかく、話を聞かせて」ビルナはふたりのコーヒーカップを脇に寄せ、ノートとペンを取りだす。「どうやって見つけたの？」

「電話があったんだ。誰かから、でも誰かはわからない。キャビンに着くと、あの子がベッドに横たわっていた。暖炉に火もついててね。だが、ルーカスしかいなかった。雪で痕跡はぜんぶ消えていたし」

「すぐに救急サービスや警察に電話しなかったのはなぜ？」

サロは答えを用意していた。事態の深刻さを理解させるために、何か話さなければならない。

「うちの家族全員に危険が迫っているんだ。あの子が見つかったという情報が流れたら、ペニラが次のターゲットになる可能性がきわめて高い」〝あの女は実際、そうなってしかるべきだが〟

「あるいはあなたがね」ビルナが言う。「つまり——ルーカス誘拐の背後に誰がいるか知ってるわけね」努めて冷静な声を保とうとしている。〝こいつは知ってる。ずっと知ってた。自分の身を守るために黙ってたんだ。なんてクズ野郎なの〟

肘を膝にのせて頭を両脚のあいだに垂らしているサロの姿は、実にみじめだ。メッタ・ヒラクが同じ人間の手中にいることもようやく口にしたが、だからといって事態が改善したわけではない。

「てことは、ルーカスは風力発電所計画のために誘拐されたわけ？　メッタ・ヒラクも。なのに、知ってることを警察に伝えようとしなかった」

「想像できるだろうが、警察に通報しようものならって、ほかにも脅されてたんだ。自分ですべて解決できると思ってた。土地所有者たちと政治家たちとね」

「土地所有者がどう関係あるの」

「あいつらが土地の使用に同意してさえいれば、こんなことにはならなかった」悪いがそれでも同じことになっていただろうな、サロくんよ。風力発電所は手はじめにすぎない。将来的にも忠実な協力者が必要なのだよ。

「そこから、あなたがマリアンヌ・リエカット殺害の第一容疑者になる」

「ぼくが？」サロは言う。いまは背筋をのばして椅子に座っている。「いや、そんなことは馬鹿げている。見つけたのはぼくだ。あの人は実の母だ」

「つまり、容疑を支える材料がたくさんあるわけね。署に同行してもらわなければいけないのはわかるでしょう。応援を呼んである。到着を待つあいだ、銀行口座への六十万クローナの振りこみについてどう説明するか、考えておいてくれてもいいけど」

だが、そのあとにペニラが到着した。オロフソンがいっしょで、サロはこぶしを握る。ペニラはサロのほうを見向きもしない。オロフソンは何やら謝罪らしきものを口走り、ペニラのあとについてルーカスが横たわる部屋へ入っていく。

「ぼくの妻だ」サロはビルナに言う。

「あんなにいい人、なかなか見つからないでしょうね。あなたはなかに入って話をしなきゃ」

サロが部屋に入り、オロフソンが出る。

「いったいどうしてこんなことになってるんだ？」サロは言う。「よりによって、あいつじゃなきゃいけないのか？」

「何も知らないくせに。黙ってて」ペニラは全意識を息子に集中させている。枕の上のカールした髪。無垢な子どもの安全と安心。

「〝ありがとうヘンリィ、ルーカスを見つけてくれて〟」サロが言う。

ペニラは振り返る。立ちあがる。サロに近づく。咳払いして、真正面からサロの顔に唾を吐く。

「ひとりの命を別の命と交換した、って言ったよね？　まるで自分がどっかの馬鹿な神みたいに」

ちょうどそのとき、少年がベッドで身を起こした。「ハイ、ママ。おじいちゃんは？」

第七十九章

殺人マシーンは車のそばで待ち構えてはいなかった。リスベットは少女を助手席に座らせ、数キロ走ってからようやく車をとめた。自分のブーツを少女に履かせ、ダウンジャケットと毛布で少女を包む。フルパワーの暖房と気の抜けたコカ・コーラ数口のおかげで、少女は小声で話せるまで回復した。言葉はぎこちなく、リスベットは急かさないように努める。少女が語るのは、とても奇妙な場所のことだ。

「ちょっと待って」リスベットはミカエル・ブルムクヴィストに電話をかける。応答がない。躊躇したあと、車のハンズフリー装置を使ってスヴァラに電話する。あの子ほど口が堅い人間はいない。

「もしもし。何か書くものある?」

「どこにいるの?」

「あとで話す」

誘拐された少女の声は小さくかすれている。

「迷路みたいで窓がないの」少女は言う。「モンスターの部屋以外は。そこには天井に窓がある」

「その人はどうしてモンスターなの？」

「悪い人だから」少女は言う。「それに身体が……おかしな動物の身体みたいなの。脚がなくて、胴体からそのまま足だけ生えてて」少女は泣きじゃくり、しばらく涙を流してから話をつづける。「でも……脚のあいだには……」それからまた泣きだす。

「レイプされたんだね」リスベットが言うと、少女はうなずく。

リスベットは少女が誰かわかっていた。新聞記事を読んだ。難民センターの少女だ。ソフィア・コナレ。抱きしめてあげるべきだ。慰めてあげるべきだ。それがどんな感じか自分も知っている。わたしたちは同じ経験をしたのだと話したかったが、時間がない。少女には治療が必要だし、リスベットにはやるべきことがある。

「ゆっくりでいいから」リスベットは言う。「もっとコーラを飲むといい。心の準備ができたら建物のことをもっと教えてほしいの。地下にあるって言ったよね？　地下シェルター？」

「監房がいくつかあって、いろんな部屋が廊下でつながってる、と思う」

「人は何人いた？」

「モンスターも入れたら六人、じゃなくて五人になった」

「六人目は誰？」

答えたくないようだ。ようやく少女は言った。「わたしの救済者、わたしの逃げ道」

「そいつらは誰だと思う？」

〝死んでおけ、死んでおけ〟

少女の頭はしきりに片方に傾く。眠りたいのだろう。

「もうひとつだけ教えて」リスベットは言う。「監房って言ったよね。そこにはほかに誰かいた？」

「女の人がひとり」ほとんど聞こえないぐらいの声でソフィアは言う。「白人。黒髪。まだ生きてるかわかんない」

「名前はメッタ？」叫ぶような声でスヴァラが言う。「名前ぐらい知ってるでしょ？」

「わからない」少女は言う。「わからないの」

「またあとでね」リスベットはスヴァラとの電話を切った。

二十キロほど進み、ハンドルを切ってスンデルビィンの病院へ入る。少女はなかなか目を覚まさない。だるそうに身体を起こして、その女のことを何やらぶつぶつ言う。「ごめんなさい」少女は言う。

「ごめんなさい」

「あなたのせいじゃない」リスベットは言う。

「絶対にその人も見つけるから」リスベットが言う。「でも確実に進めるために、わたしたちは口裏を合わせなければいけない。わかった？」〝おまえをやっつけてやる。ひとりずつやっつけてやる〟

「わかった」少女は言い、しぶしぶダウンジャケットとブーツを脱ぐ。スンデルビィンの南駐車場で車をおりると、病院の入り口へよろよろと向かった。

第八十章

「ＳＭＨＩが発令した警告によると、ラップランド内陸部の広い範囲で今日も悪天候がつづきます。昨日、山脈に達した嵐は、いまは東へ向かっています。暴風と大雪が予想されますので、可能なかぎり自動車での外出は控えてください。

今朝のニュースを終える前に、ガスカス警察重大犯罪班のハンス・ファステの言葉をもう一度聞いておきましょう。十月なかばにフリードヘム難民センターから姿を消し、発見されたばかりの十八歳のマリ人少女についてです。

〝ことのしだいは次のとおりです。ムリエクとキルティクのあいだで、幹線道路沿いを歩いている少女をドライバーが見つけました。裸足で、屋外用の服も着ていなかったとのこと。

彼女の失踪以来、警察は一連の捜査を進めてきましたが、これまでのところすべてにおいて、彼女が自分の意思でセンターを立ち去ったことが示唆されています。少女はこの間、イェリバレ在住の同い年の男と過ごしていたと主張しています。警察は、少女を見つけてスンデルビィンの病院へ連れていった身元不明のドライバーと連絡をとりたいと望んでいます〟」

リスベットはラジオを切る。よし。警察はこれから町の外の見当ちがいなところで捜査をはじめるだろう。あるいはまったく何もしないか。遅かれ早かれごちそうにたどり着くだろうが、いまは警察にブランコのもとへ押しかけてもらいたくはない。メッタ・ヒラクを生きたまま救いだす可能性がつぶれてしまう。リスベットはイェシカ・ハルネスクにメッセージを送る。**［ソフィアから目を離さないで。また連絡する］**

すぐに返信がある。**［これは警察の案件だよ。どこにいるの？　何があったのか教えて！］**

ハンス・ファステのコメントをラジオで聞いたのはリスベットだけではない。マルキュス・ブランコも聞いた。

騎士団は集まって一分間の黙禱を捧げた。さいわい〈狼〉は石頭なので、命に別状はないだろう。だが膝の靭帯が切れたいまは、戦力というより足手まといだ。

他方で〈山犬〉のことは、福建省の茶を飲み、あの夜の出来事を分析して偲《しの》んだ。

屋外監視カメラの画像に示された異常はひとつだけで、おそらくトナカイの仕業だ。人形が森を抜けていった足どりはわかっているが、協力者の正体はわからない。

「偶然のわけがない」面々を見まわしながら〈クズリ〉が言う。「あいつが〈山犬〉を動かして、外から誰かを関与させられただろうか？」

「〈山犬〉」ブランコは言う。「なぜ〈山犬〉なんだ？」

「あいつはあの子に夢中だった。恋してた」

「恋していた？」ブランコは言う。「なんて恥ずかしいやつだ」


まったくの偶然だとよ、ブランコ。まったくの偶然によって何が起こるか、おまえは知っている。スウェーデンのサリドマイド薬害患者の大部分とはちがって、おまえは一九六一年に生まれたわけじゃない。一九八七年に、特定不能の免疫不全を抱えたブラジル人の母親から生まれた。

スウェーデンでニューロセディンと呼ばれるものを、ブラジルははやくも一九六五年にサリドマイドという名で再導入した（ハンセン病の症状緩和への効果が報告され、ブラジルで九二年まで被害が発生）。血管形成抑制と免疫調節の作用のためだ。おまえの母親は闇市場で錠剤を買う。妊娠しておまえを産む。脚がなく、不自然に長い腕と、ウマになぞらえられる異様に大きな性器を持つ子。人形がモンスターと呼ぶのも驚きではない。


「緊急時の手順」ブランコは言う。「段取りはわかっているな」

「あの売女はどうします？」〈大山猫〉が言う。

「まだ生きているのか？」

「ええ、だがいまはやつのことは放っておきましょう」〈クズリ〉が言う。「まずはみんな、これを見てもらわなければ」

誘拐された少年が見つかる

ストール滝の〈ライモズ・バー〉でひらかれた結婚パーティーで武装した男たちに連れ去られた少年が、クヴィックヨック近郊のキャビンで無事発見された。

未確認の報告によると、少年を見つけたのは継父で町長のヘンリィ・サロだという。ガスカス警察は、家族への配慮からこの展開をおおやけにしてこなかった。だが『ガスカッセン』は重大犯罪班リーダーのハンス・ファステから独占的にコメントを得ることができた。

「広範囲にわたる捜査がおこなわれ、その結果、前向きな突破口がひらけた。詳しいことは話せませんが、優秀な同僚たちの仕事を高く評価しています」

「国の作戦本部を使わず、独自のリソースで事件を解決するという判断を下されたわけですね。これは小規模な警察部隊が大きなことを成し遂げられる証でしょうか？」

「まったくもって、そのとおりです」ハンス・ファステは言う。「われわれの知識と地元についての知識を組みあわせることで、大きな効果を発揮できたわけだ」

「配達屋に連絡しろ」ブランコは言う。「掃除屋を見つけさせるんだ」淡々とした口調で、ブランコはつぎつぎと指示を出す。サロとサロの妻について。その後、エレベーターへ車椅子を走らせて監房へおりる。あるいは仲間内で「ホテル」と呼ぶ宿泊施設へ。暗証番号を入力し、車椅子でなかへ入って扉を閉める。〈山犬〉の過ちはくり返さない。

毛布がずり落ちる。ブランコはそれを拾いあげて車椅子の背にかける。

この女は生きているのか？　ブランコは補助器具を取りだす。長い棒の先に手がついたもので、通りを掃除する人が使うごみ拾い用マジックハンドとあまり変わらない。女の腕をつかんで持ちあげる。「じくじくしているな」ブランコは言う。「どうやら炎症が広がったらしい。おまえのことは、もうすぐ見こみなしと判断せざるをえないだろう。だが、ひとつ言わせてくれ、メッタ。おまえに講話するときにわたしが使った世界の分類基準によると、おまえには生き残れるチャンスが充分あった。おまえは貧しく、車を持っていなくて、肉を買う金もない、といった具合だ。つまり地球の資源を最低限しか消費しない。ところでメッタ、よき聞き手でいてくれて感謝するよ」

ブランコは毛布をメッタの身体にかける。脚を軽く叩いて、最後の挨拶をした。

第八十一章

すべてはある晩秋、ガスカスで数週間のうちに起こった。まるでおとぎ話のようだ。ありそうもないことが現実になる――そんな神話が何度も語られることになる。狩りのたき火や釣果を囲んで語られる物語のように。

数人が大きな役割を演じる。たとえば、ヘンリィ・サロ、マルキュス・ブランコ、ミカエル・ブルムクヴィストなど。ほかは――ソニー・ニエミネン、イェシカ・ハルネスク、ペーデル・サンドベリは――あまり紙幅をとらずに役目を果たす。みんなただの人間だが、一人ひとりに背景の物語がある。まさにその人をその人たらしめている物語が。

リスベット・サランデルとスヴァラ・ヒラクは十三年間、共通の人生を生きてきた。互いの存在に気づかないまま。あらかじめ決まった道をそれぞれがゆっくり歩んできて、やがてふたつの道が交わった。これは終着点なのか。あるいはこの交差点ははじまりにすぎないのか。

太古の昔、はじめに化粧をしたのは男たちだった。カムフラージュしたり、血、土、灰を自分に塗って部族への忠誠を示したりする戦士たちだ。

一般にはシティとして知られるシティ・ホテルの最上階の部屋で、十三歳の少女が最後の戦闘準備を整えている。ノートパソコンをひらき、〝リスベット・サランデル＋メイク＋チュートリアル〟でグーグル検索する。まず顔から。白のファンデーションで覆い、それから目に取りかかる。墨をまぶたに塗る。目の上下にチャコールペンシルで太い線を引く。仕上げに唇を黒で飾る。絶望的なホワイトブロンドの直毛はどうしようもない。ピアスの穴がひとつもないのも。額に黒いスカーフを巻き、鏡で自分の姿を精査する。自分ではない。リスベットだ。両方だ。

数階下ではリスベットがバーのテーブルの前に座り、建物の平面図を見ている。たしかにこれはミカエル・ブルムクヴィストのおかげでもある。一九五一年に防衛設備庁からアンデシュ・ヨハンソンに売却された不動産を特定したのはミカエルだ。大部分がマツとトウヒからなる二千ヘクタールの森。ミカエルがたどり着いたのはそこまでだ。軍の秘密空間へ深く入りこむことによって、リスベットが地下シェルターを見つけた。

事態は急を要するが、ブランコの要塞とおぼしき場所へ侵入するには計画を練る必要がある。ソフィアの情報が正しければ、ブランコのまわりには仲間が四人いる。軍事的な訓練を受けていて、武装しているうえにおそらく身体のコンディションも万全だろう。森で遭遇したのち、歩行困難になっているであろうひとりを除いて。

驚くべき建造物だ。前は急斜面、うしろは平坦な山腹で、一九一〇年から段階的に建設された。人目を忍んで動きたいビジネスマンと、何かはわからないがその怪しげな活動にうってつけの要塞だ。ハッカー共和国は、この会社へ侵入するバックドアをまだ見つけられていないが、時間の問題だろう。その点でブランコ・グループは評価しなければならない。サイバーセキュリティーの教科書どおりのお手本だ。でも、本当だろうか？　なんとか頭から追い払おうとしてきたが、リスベットはその考えにずっと悩まされてきた。プレイグのことだ。何かがおかしい。いまははっきりわかる。ブランコの情報を集めるのはむずかしくないはずだ。いずれにせよ、ずっとわからないのはおかしい。誰でも、どんな企業でも、どこかに存在する。秘密警察やアイデンティティを変えた人たちでさえ。遅かれ早かれ痕跡を残す。ほかならぬプレイグなら、ブランコをすでに見つけているはずだ。

いまのところメッセージを送るだけにとどめている。ワスプからプレイグへ。**［うまくいってる？］**

［いまはタイミングが悪いのかもしれない］プレイグから返信がある。**［でもブランコについて最低限の取っかかりはつかんだ。どうやら数年前にパタゴニアの鉱山を舞台にした環境スキャンダルにかかわっていたようだ］**

リスベットは肩の力を抜いて現実に戻ってくる。平面図によると入口はふたつある。おそらくもうひとつ、最近つけ加えられた入口もある。ソフィアによると比較的新しい居住区域につながっていて、指紋認証でひらくようになっている。

地図の画像を携帯電話に保存してコーラを飲み干し、エレベーターで七階へあがる。

一瞬、目を疑った。〝カミラ。本人だ〟。それから現実に引き戻されて、スヴァラの姿はメイクに夢中の普通のティーンエイジャーになる。「だめ」リスベットは言う。「あんたは連れていかない」

「行く。ママ・メッタを家に連れてかえるのは、あたしの仕事だし。それに運転手が必要でしょ」

「その話し合いは終わったと思ってたけど」そこらへんの権威主義的なクソ人間の調子でリスベットは言う。

「昨日から三十センチも雪が降ってるんだよ。あたしたちにはスノーモービルが必要だよ」

「いい、あたしにスノーモービルが必要なんでしょう」

「コブダリスの観光ツアーに参加するつもり？　ぞろぞろ列をつくって」

「そうじゃない。説明書によると、アクセルを握るだけでいいらしいし」

「ああごめん、ストックホルムの人だって忘れてた。新雪のなか、がんばってね」スヴァラは革の肘当てがついたセーターを脱いでバスルームへ向かう。

「待って」リスベットは言う。「何それ？」

「ドラゴンもクールだけど、松濤館《しょうとうかん》の虎のほうがもっとクールだから」

リスベットは子どもがほしくない理由を否応なく思いだす。

「親の許可なしで子どもにタトゥーを入れる彫り師なんている？」

「いないだろうね、でもあんたがとてもすてきな承諾書を書いてくれたから」

第八十二章

「わたしのこと憶えてる？」リスベットは言う。「レンジャーを売ってもらったんだけど」

「忘れるわけないだろ」

「妻を売りたくないのは知ってるけど、スノーモービルを借りたいの」

「だめだ」男は言う。「週末までにもっと新雪が積もるんだ」

〝新雪のことで、みんな馬鹿みたいに大騒ぎして〟

「とても迷惑なのはわかるんだけど、お金ならたくさん払うから。二十四時間で五千。いい？」

「五千だって」男は声をあげて笑う。「そりゃちょっとぼったくりすぎだな。三千で充分だ。だが二十四時間で、それ以上はだめだ」

「一分たりともこえないって約束するけど、そこまで車で運んでくれなきゃだめ。レンジャーには連結棒がないから」

「ああ、あれはおふくろの車だったからな」男は憂鬱《ゆううつ》そうに言う。

リスベットは雰囲気を明るくしようと、慰めになる話題を探す。「でも、すごくいい色だと思う」

「コンピュータの仕事をしてるって聞いてなかったら、心理学者だと思ってたかも」スノーモービルの座り心地を試しながらスヴァラが言う。「サミットいいじゃん。ペーデルのおんぼろベアキャットにはうんざりだったからね。ジジイ用のくそスノーモービル」

「汚い言葉を使わないの」リスベットは言う。やっと少し仕返しができた。


待ち合わせ場所へ近づけば近づくほど、ふたりとも口数が少なくなる。ミカエル・ブルムクヴィストがいろいろなメッセージを送ってきて、イェシカ・ハルネスクも同じだ。すべてをまとめると、ようするにこういうことだ。軽率なことをするな。警察に仕事をさせろ。

イェシカはどれほど知っているのだろう。ソフィアは何か話した？　話したとはとても思えない。ミカエルのほうは？　可能性はある。あの男はいつも他人のことに鼻を突っこみたがる。過去を振り返れば、それがときどき役に立つことも認めざるをえないが。

最後にプレイグに連絡した。念のために。

［ブルムクヴィストへ情報を送って］とリスベットは書いた。**［前と同じアドレス。ログイン情報もたぶん前と同じ］**

レンジャーとスノーモービルの男が到着して、また走り去る。

ふたりは地下シェルターから十キロメートルほどのところに車をとめている。

鷲の巣のなかでは、緊急会議がつぎつぎとひらかれている。今回ばかりは、ブランコも次の動きがわからない。思ってもみなかったかたちで形勢が不利に傾きだし、方程式を解くのがむずかしくなってきた。もはやサロと風力発電所の問題ではなく、ブランコ・グループ全体が外から脅かされている。システムへの高度な侵入の試みも検知した。さいわい防ぐことはできたが。それに、誰も率直に口にはしないが、みんながブランコのせいだと思っている。ブランコ自身もそれを感じる。〝人形たち。ブランコが人形なんて連れこむせいだ。とくに最後のやつ〟

それが次の問題につながる。人形の脱走。

人的要因と、ソフィア・コナレの必死の（それにマルキュス・ブランコに言わせれば恩知らずの）行動は予測不可能だった。脱走について言うべきことはそれぐらいしかない。だがそのあとが問題だ。〈狼〉の哀れな帰還。獣のように這って戻ってきた。

問題の核心に近づいている。森の人間。〝散歩〟していた小柄な空手の化け物。いったいあの女は誰だ？　それだけではない。誰がその女をよこしたのか。

「情報はすべてセキュリティーで保護して削除しました」制御室から〈クズリ〉が知らせる。「あとは野暮な問題がひとつ残っています。売女です。もう始末していいですね」

第八十三章

「抜塞大《ばつさいだい》」リスベットは言って、スヴァラを見る。

「要塞を突破する」

この目つきは前にも見たことがある。考えたくない。リスベットがすっかり忘れてしまいたいことだ。ザラ、ニーダーマン、カミラ。奇妙に青白く、ほとんど白といっていい目。いつでも暴力を振るう準備が整っている。スヴァラもその例外ではない。チャコールペンシルの太線は、冷たさだけでなく暗さも強調している。その暗闇のなかでスヴァラは暮らしているのだろう。あの人たちと同じように。でなければ、こんなごたごたに巻きこまれはしないはずだ。

「運命の道は変えられない。選べるのは、どっちの側を歩くかだけ」スヴァラは言う。

リスベットは日よけをおろし、ミラーをわずかに調整する。内ポケットに片手を突っこむ。血と土と灰を取りだして戦士の魂に塗りつける。

「ノオミ・ラパスみたい」スヴァラが言う。

「誰？」

「気にしないで」スヴァラは言って、差しだされたコカ・コーラの缶を断る。

「アドバイスしていい？」リスベットは言う。

「戦わなくちゃいけないなら」

スヴァラはうなずく。

「チャンスは一度しかない。空手家は自分から攻撃しないって教えたよね。それは正しい。空手は何より護身術だから。でも戦闘では……」スヴァラの腕は二百五十グラム分のスパゲティぐらいの太さしかない。だが、白いバスローブを身につけて帯を締めると、天賦の才能を発揮する。

「いい？　攻撃する瞬間、敵はいちばん無防備なの」先《せん》の先《せん》。「あんたは戦士なんだよ、スヴァラ。兵士じゃない。戦士。武士。でも今日は運転手ね」リスベットは言う。「わたしが戻ってくるまで森にいて。わかった？」

スヴァラは額をリスベットの額に当てる。「いい人だね」スヴァラは言う。「変だけどいい人。生きて戻ってこられるかわからないからさ、ここに座ってるあいだにいくつか質問していい？」

「もちろん」リスベットは言う。

「おじいちゃんはどんなふうに死んだの？」

「撃たれた」

「あんたに？」

「ううん、警察に」

「カミラは？」

「自殺」

最後の質問はなかなか出てこない。

「そろそろはじめなきゃ」リスベットは言う。

「パパはあんたが殺したの？」スヴァラは言う。

「ある意味ではね」リスベットは言う。

ある意味では。

第八十四章

ガスカスにまた夜が訪れ、暗闇で狩りをする者たちを包みこむと、ふたりは出発する。北西からなかに入る計画だ。激しい雪のせいで視界は狭いが、そのおかげでエンジン音が風にかき消される。音を聞かれることなく、比較的近くまでたどり着けるだろう。

地図にのっていない別の進入路もあるかもしれない。ブランコ自身が出入りするときに使う道だ。その道は避けるべきだろう。プレイグが監視カメラを停止させていたら話は別だが。尋ねたものの返事はない。

スノーモービルは上下に揺れながら木々のあいだを縫って進む。スヴァラが言っていたとおり、初心者の手には負えない。前がよく見えるように、スヴァラは片方の膝を座席にのせて立っている。必要に応じて体重を移動させてバランスをとり、熟練ドライバーの技術で前部のスキーが雪にはまりこまないようにしている。一キロ一キロ先へ進む。リスベットの頭のなかの地図は完璧ではないが、頼りになるのはそれだけだ。あと数百メートルと判断したところで、スヴァラはエンジンを切る。リスベットは携帯電話を確認する。圏外で、緊急通報の番号しかつながらない。嵐に負けじと大声を張りあげなければ、互いの声が聞こえない。

「サドルバッグにスノーシューズがあるよ」スヴァラが大声で言う。リスベットはブーツの紐を結び、スノーモービルから滑りおりる。

スヴァラは手袋を外して上着のふところに手を入れ、森で回収したリボルバーを取りだしてリスベットに渡す。

「使い方わかる?」スヴァラが訊く。

〝この子には驚かされてばっかり〟

「あんたが持っていたほうがいいんじゃない」

「いらない。自分のもあるから。ペーデルの。そろそろあの人にも役に立ってもらわなきゃ」

〝ママ・メッタ、そこにいるの? もう感じられない〟

ふたりは目と目を合わせる。親指を立てる。リスベットは一歩一歩進んで木々のなかへ姿を消し、地下シェルターへ向かっていく。スヴァラは百まで数えたあとスノーモービルを方向転換させ、大きな円を描いて反対方面から地下シェルターへ向かう。

ごめんリスベットおばさん、でもあたしのママ・メッタのことなんだから、無邪気な子どもみたいにおとなしく待ってるつもりはない。

あんたがおとなしく待ってるとは、わたしも思ってなかった。

最初にこえなければならない難関は、敷地のなかに入ることだ。「北の錠」ことボーデンの要塞周辺の軍事施設はよく知られている。防衛設備庁によるそれらの写真を調べて判断した。ダイナマイトが使えればそれにこしたことはないが、ひとまず頑丈なボルトカッターがあればなんとかなるだろう。

平面図によると、メインの建物はリスベットが目指している入口の一キロ近く先にある。最も高い場所では、突風が花崗岩から雪を引き剝がす。リスベットはスノーシューズを脱いでリュックサックに結びつけ、目的地へ向かう。

地下シェルターへつづく道がここにあるなんて、見つけるのはほぼ不可能だ。扉というよりはハッチに近い。さいわい頑丈な南京錠がついているだけだ。まずレザーマンのマルチツールのひとつを試してみたが、南京錠は暗証番号式で、工具ではあけられない。少なくとも時間の制約があるなかでは無理だ。かなり苦労したが、なんとかカッターで金属を断ち切った。

あたしがあけてあげたのに。数字が得意なの、知ってるでしょ。

あっちへ行ってなさい。

百年以上も前につくられた地下シェルターには何があるのだろう？　水浸しの部屋？　電信室、二段ベッド、医薬品の残骸？　崩壊した廊下？　その用途については何も情報を見つけられていない。ほかの軍事防御施設の多くと同じで、ここも非公式の建造物だ。当局のアーカイブにすら情報がほとんどない。名前がひとつついているだけだ。Ｈ９。

ヘッドランプを下へ向け、行く手に何があるか見えるようにする。なかへ足を踏みいれてハッチを閉めると、たちまち不安に襲われる。強風の音、枝が折れる音、屋外の音が突然すべて消えた。音は一切入ってこないし、外にも届かない。

落ちつけ。深呼吸しろ。落ちつけ。地図は暗記している。ヘッドランプの光が届くかぎり壁を照らしてみる。部屋は空っぽで、錆びて持ち手が壊れたシャベルが一本と、年季の入ったボイラーが隅にひとつあるだけだ。天井のパイプを目でたどる。壁のかなりの高さまで水の跡がついている。リスベットは手袋を外した。指に湿気を感じる。カビの刺激臭が喉につかえる。

〝廊下を通り抜ける。防火扉が閉まっているおそれあり〟

前方に光、後方に闇。一歩一歩進む。足を止める。耳をそばだてる。廊下への扉をひらいて、先へ進む。

片側では煉瓦の壁が崩れている。ほんの少しよろめき、手を壁について身体を支えると、さらに煉瓦の塊が崩れる。方向転換して来た道を駆けもどり、外の世界へ這いずり出たい。そんな衝動に負けそうになる。〝そうするのです、リスベット。スーパーヒーローでいる必要はないのです。戻って警察に任せましょう〟。誘惑の声がする。だが、まさにその声のおかげで決意が固まった。いまいましいセラピストに自分の行動は決めさせない。ここにいるのは、急を要するからだ。メッタ・ヒラクはすでに死んでいるかもしれないが、もし生きていたら……もし生きていたら、頼みの綱はリスベットだけだ。

〝石室が三つ並んでいる。推定サイズ百×二百センチ。状態は不明〟

防火扉はなかなか動かないが、なんとかひらく。いまはまんなかの部屋にいる。ヘッドランプがちらつき、一度消えてまたつく。気温は五度ぐらい。鉱山か地下の穴蔵みたいだ。しばらくは好奇心が不安にまさる。ここでも爆破された天然石の壁の表面を抜けて、湿気が襲ってくる。古代の原生岩に発破をかけてつくった部屋で、飛行機の格納庫ほどもの広さがある。一歩一歩。部屋の反対側へたどり着こうかというところで立ち止まり、また耳をそばだてる。暗闇には暗闇の鼓動と呼吸の音がある。

〝中央部分は複雑で、いくつも階がある。階段や部屋が何本もの廊下でつながっている。ひとつの側を選んで、そこから離れないこと〟

戸口の縁に沿って指を走らせる。扉がひらいて先に進めるはずだと思い、身体を押しあてる。くそ、扉はふさがれて壁になっている。引き返して隣接する石室のどれかへ向かい、別の扉を探さなければならない。ヘッドランプがまた明滅する。明かりがなければ深刻な状況に陥る。

電源を切ってバッテリーを節約する。その瞬間、数人の声が聞こえた。上から聞こえてくるようだ。換気装置かスピーカーから。話の内容までは聞こえないが、とにかく声は声だ。近くまで来たのにちがいない。

〝ど・ち・ら・に・し・よ・う・か・な〟。右の格納庫か左の格納庫か。左だ。まんなかに扉がある。かつてはここで人が暮らしていた。兵士。将校。何週間も何カ月も、日の光に当たらずに。これをつくった人たちと同じように。くる年もくる年も、粉塵、湿気、落盤、地獄のなかで。

〝あんたは恵まれてるんだよ、リスベット。そのまま先へ進みな〟

次の扉は油を差したばかりのように簡単にひらいた。拍子抜けするぐらいだ。光が漏れてくる。混沌としていた選択肢がはっきりした。これからどうする？　まず何よりメッタ・ヒラクを見つけなければならない。ゆっくりと、音をたてずに、声と光のほうへ進んでいく。すると突然、光が消えて声も止まった。

ヘッドランプのスイッチを入れる。つかない。頭から外して振ってみる。やはりつかない。携帯電話のライトは使わずに、階段がどんなふうだったか思いだそうとする。この階段も途中で崩れていたようだ。あとどれくらいだろう。すでに十段ほどのぼっている。進路を手で探ってみる。釘が手に刺さる。これでは無理だ。リスベットは携帯電話を取りだす。連絡をとっている五人のうち、三人からメッセージの着信がある。どこかの時点で電波が届いていたのにちがいないが、いまは確実に圏外だ。墓の下まで電波を届かせる基地局はない。携帯電話のライトをつけて階段を照らし、作戦を立てて最上段まで足を進める。

〝扉の向こうにはいろんな大きさの小部屋がある。ソフィアによると、エレベーターで居住区域につながってる〟

扉の向こうに誰か立っていたら一巻の終わりだ。扉を少しひらく。誰もいない。

また一瞬だけ携帯電話のライトをつけると、監房のなかにいるのがわかった。〝ホテル〟だ。のぞき穴がついた現代風の扉。監房は白色光で明るく照らされている。最初の房。だれもいない。次の房。ここも無人。三つ目には身体を折り曲げた男の死体があって、顔に枕がのっかっている。〝あなたの救済者ね、ソフィア〟。四つ目にして最後の房には、女が毛布をかけて横たわっている。メッタ・ヒラクだ。リスベットにはわからない。眠っているのか、あるいは……リスベットは足を止める。また声が聞こえる。さっきよりもはっきりと。〝報告〟〝破壊〟〝コードネーム・ティングヴァッラ〟それにリスベットがもっとよく理解できる言葉も。〝パケット・スニッフィング〟〝SQL〟〝ゼロクック攻撃〝スプーフィング〟〝バッファ・オーバーフロー〟

リスベットは声のほうへ近づく。せめて何を話しているかわからなければ、声は役に立たない。

「すべて準備完了。二十一時に出発」

「クソ、見ろ、猫が連れてきたやつを。鼠か？」

「むしろハロウィーンの仮装って感じだけど。トリック・オア・トリート？」

「ちょっと、放してよ！」

〝スヴァラだ〟

リスベットは躊躇なく上着から銃を出し、扉をわずかにひらいて位置を把握する。相手の目がこちらへ向くと、扉を蹴りあけて狙いを定めた。

ふたりいる。女ひとりと男ひとり。どちらも見たことのない顔だ。

「その子を放しなさい！」リスベットは言って、スヴァラはリスベットのもとへ歩み寄る。「そのまま進んで」スヴァラに小声で言う。「ドアの外へ出なさい」

女は何もしない。連れの男がゆっくりリスベットのほうへ歩いてくる。

「お好きにどうぞ」リスベットは一発撃ち、弾はわずかに男を外れる。「次の一発は当てるから」

「わかった、わかった」男は両手をあげる。

「部屋を出ろ」リスベットは言う。「三つ数える。一、二――」突然、地獄へ突き落とされる。どこからともなく三人目が現われた。ブランコかと考える。車椅子に乗っていたからだ。スティーヴン・ホーキングの車椅子に座り、全速力でリスベットへ向かってくる。むやみやたらと銃を撃っているが、ほとんど当たらない。

〝落ちついて集中するの。息を止めて、狙いを定めて、撃て〟

弾が肩に当たって男は悲鳴をあげ、車椅子の制御を失って壁に激突したが、すぐにコントロールを取り戻してエレベーターへ向かって逃げた。あとに残ったのは女だけだ。〝丸腰、お気の毒さま、ビッチ〟

リスベットはうしろへさがり、やがて入ってきた扉へたどり着く。

「追いかけてこようとしても無駄だから」リスベットは言う。

「心配ご無用。あんたたちはどうせ鼠みたいに死ぬんだから」女はそう言って振り返り、男たちのあとを追う。そのときリスベットは、何かが燃えるにおいに気づいた。監房の廊下につづく扉を閉めた瞬間、会議室が爆発した。はやくもドアの下から煙が入ってくる。すぐに地下シェルターを出なければ。ひとつ目の房はあいている。スヴァラが母を抱いて髪をなでている。

「生きてる?」リスベットが尋ねると、スヴァラはうなずく。「置いていかないと、みんな死ぬかもしれない」

「ママをここに置き去りにはしない」スヴァラは咳をしはじめる。

煙が濃くなってきた。リスベットはメッタをベッドから抱きあげる。その瞬間、電気が消えた。

「携帯のライトを使って」リスベットは大声をあげ、メッタ・ヒラクを毛布で包む。

「充電切れてる」スヴァラは大声で返事する。

二十四時間のうちに二度目。マルキュス・ブランコから救うために、リスベットはまた女を肩にかつぐ。彼女とスヴァラと自分自身を救うために。

「わたしの上着につかまってなさい」リスベットの指示は端的で明確だ。「わたしの携帯をリュックの外ポケットから出して、そのライトを使って」

光はほとんど煙に遮られる。三人は次の扉へ向かう。メッタ・ヒラクの頭がドアの枠にぶつかる。尻尾《しっぽ》のように煙があとについてくる。

「階段の途中に崩れてるとこがある。左に寄って歩いて」それとも右だった？　さっきは……さっきは右だった、ということは大丈夫だろう。正解。さらに数メートル進み、背後で防火扉を閉めた。上でまた爆発がある。建物から出なければ。

「メッタをお願い」リスベットは言う。スヴァラは母をそっと抱き、何か囁いてから肩にかついで、目標地点に目を据えて部屋の向こうへ歩きはじめた。二百メートル。二百五十グラムのスパゲティの腕と子トナカイの脚で。頼りになる光がほとんどない状態で二百メートル。〝エリート部隊の極意、逃げて隠れる〟

壁の崩れた廊下と格闘する前に、途中の扉でふたりはまた交替する。メッタは死人のように重たい。息をしているのかさえわからない。

「もうすぐ出口だよ」スヴァラは激しく息をしている。往路のリスベットと同じようにつまずき、転ばないように手をついて、壁が崩れる。最初は煉瓦がいくつか落ちただけだが、さらにたくさん落ちてくる。リスベットは直感的にスヴァラを自分の前へやり、必死で瓦礫《がれき》の山をこえさせた。その数秒後、トランプタワーのように壁がすべて崩れ落ちた。

「危なかった」スヴァラは逃れたばかりの死をライトで照らす。

入ってきたときと同じ出口で、リスベットはメッタをおろす。腕を振ってから、肩でハッチを押す。ひらかない。気合いを入れて全力で押す。一ミリたりとも動かない。服は煙のにおいがする。こちらに迫ってきているのかもしれない。わからない。だれかがハッチに外から錠をかけた。外でだれかが笑っている。〝あの女だ〟。女は錠に唇をつけ、いやでも聞こえるように大声で言う。

「焼け死ね、いまいましい鼠ども。すぐに地獄で焼け死ぬぞ」

「あんた抜きじゃ死なないから」スヴァラが大声で言い返す。「見つけてやる。どこにいたって見つけてやる。忘れるな、この……悪魔たち」小声で最後につけ足した。

リスベットは岩石の床にへたりこむ。湿気《しけ》てかびの生えた壁にもたれかかって考えようとする。銃でハッチを撃ち破ろうとしてみてもいい。だが、まったく意味がないだろう。入口のカバーは鉄でできている。成功のチャンスよりも弾が跳ね返ってくる危険のほうが大きい。

リスベットはスヴァラのほうを向く。「いったいどうやって入ってきたの？　監房はわかるよ、暗証番号式のロックだったから。でも外のドアは？　指紋認証だってソフィアは言ってたけど」

スヴァラは咳きこみ、さらに咳をする。

リスベットは背中をさする。

「意味ないよ」スヴァラはあえぐように言う。「ぜんそくだから。吸入器はホテルに置いてきちゃった」スヴァラの呼吸は激しいあえぎに変わる。リュックサックをおろして持ち物のなかを探る。本当に自分の持ち物と言えるのは、たったふたつしかない。ノートパソコンと猿。

「猿をあけて」スヴァラはリスベットへ言い、母に腕をまわす。

リスベットはナイフを出して猿の中身を膝の上にあけた。最後に転がりでてきたのは手榴弾だ。

「正気なの？　スヴァラ、どこで見つけたの？」

「ずっと前にママ・メッタからもらった」スヴァラは母の顔を見る。毛布を母の肩にかける。「やっぱりパパがどうして死んだのか知りたい」

「わかった」リスベットは声をこわばらせる。「あんたのお父さん、わたしの腹ちがいの兄は、正真正銘のクズ野郎だったの。あんたのおじいちゃんに言われたことはなんでもした。人を脅したり、金をゆすり取ったり、人を殺したりね。あんたと同じで、あいつも痛みを感じなかったんだけど、スヴァーヴェルシェーのやつらから金を盗んだのはやりすぎだった。そのとき、わたしはあいつに追われてたの。それもザラチェンコの命令。信じられる？　スヴァラ。父親が兄にわたしを殺させようとしたんだよ。だから、わたしは罠を仕掛けた。あいつはそれにかかったんだけど、こっちがやられててもまったくおかしくなかった。ぜんぶ終わらせるために、ソニー・ニエミネンに電話したの。ニエミネンの仲間があんたのお父さんを殺した。わたしじゃない」

「最初からそう言ってくれればよかったのに」

「で、これは何？」リスベットは煙草の箱を手に持って見せる。「ぜんそくなのに煙草を吸うなんて、いい考えとは思わないけど」

リスベットは箱を振る。だが出てきたのは煙草ではなく、一本の指だった。リスベットはぞっとしてあとずさりする。肌は灰色で、ほとんど白といってもいい。断ち切られて骨が突きでたところだけは別だ。

「〈山犬〉の指。それを使って入ったの」スヴァラは言う。「ソフィアからもらったんだ。たぶん知らないと思うけど、あたしたち知り合いなの。あたしといっしょで、ソフィアも本が好きだから。バスでスンデルビィンに行ったんだ。無邪気な十三歳にはだれも抗えないでしょ？　あんたの女警官もいちころだったよ」

〝いまこそ彼女に電話しなきゃ〟

手榴弾と指を除いて、リスベットはすべてを猿のなかへ戻した。

「手榴弾の使い方、知ってる？」リスベットは尋ねる。

スヴァラは首を横に振る。「でもググればわかるでしょ」スヴァラは言って読みあげる。「手榴弾、軍での略称ｈｇｒは、手で投げることで標的へ向けて発射する擲弾《てきだん》である。さまざまな用途に合わせて異なる仕様でつくられるが、典型的なものは、小半径の範囲内での攻撃用に爆発力をそなえるよう設計される。ほかの種類の手榴弾には、短期間の隠蔽力（煙の効果）や、煙による持続性のある保護力を有するものもある」

「煙ならもう充分あるけど」

「標準的な卵形の手榴弾では、使用者は片手でそれをつかみ、安全レバーをとめている安全ピンをしっかり握る。ピンを抜いて投げると、手榴弾が手を離れるのと同時にレバーが跳ねあがり、撃鉄が雷管を強打して導火線か遅延薬に火がつき、その火が起爆部に達すると炸薬が爆発する」

「わかった」リスベットは言う。「手榴弾投げなら任せて」

「投げたあと、逃げる時間は三秒しかない」

ふたりでメッタを持ちあげ、弱った身体を着弾点からできるだけ離れた場所まで運ぶ。もう手遅れかもしれない。

「手榴弾は標的の近くに着弾させなきゃいけない。じゃなきゃ効果がない」スヴァラは酸素を求めて苦しむ声で言う。

「わかってる」リスベットは言い、ふたりは目を合わせる。「もしこれが最後になるのなら――」

「いいから投げなよ」スヴァラがしわがれ声で言う。「生きたまま焼かれるより、粉々にふっ飛ばされるほうがましじゃん」

レバー、安全ピン、投げる、三秒、走る……リスベットは人間の盾のようにスヴァラに飛びかぶさる。がらんどうの石室に爆発音が響き、狙いを定めた前蹴りのように爆風と石の破片が身体を襲う。最後に岩の床に振動が伝わる。そして静寂。

雪と煙が宙を舞っている。月が藍色の空をさまよう。一機のヘリコプターが上昇する。鷲の巣は燃え、やがて岩盤だけが残る。少女が脚を震わせながら立ちあがる。粉々に砕かれた壁を抜けて、外へ這い出る。生気のない母を受けとり、雪のなかに座って、母の顔から髪をそっと払いのける。

「ママ、もう大丈夫だよ。外に出た。日記、読んだよ。ペーデルは死んだから、ハードディスクのパスワードさえ思いだせればここを出ていける。ママとあたしで。ママ、うれしいよね?」

ママ・メッタは目をひらく。目は腫れあがった肉に入った切れこみにすぎないが、ものは見える。

その目は何かを語っている。まるで唇のように、言葉を紡《つむ》いでいる。

「聞こえない」スヴァラはメッタを引き寄せる。「もう一度言って」

燕は一時間に六十五キロメートル飛べる。少女はママ・メッタを膝にのせて身動きひとつせずに座っている。痙攣のような最後の吐息が訪れる。そして逃げるトナカイの群れのように去っていく。

リスベット・サランデルは片腕をスヴァラの身体にまわす。その体勢でふたりはずっと座っていて、やがて道の先からサイレンが聞こえてきた。

第八十五章

「さて」ミカエル・ブルムクヴィストは『ガスカッセン』の最新号をかかげる。「おそらくぼくらが初めて会ったときには、だれもこんなことを予想してなかったと思う。ぼくもしていなかった、正直なところね」

コーヒーの魔法びんが編集部のオフィスをまわっている。ヤン・スティエンベリは、シナモンロールにかかったパールシュガーを楽しむのと同じようにこの賛辞を楽しんでいる。

「だから言ったでしょう」スティエンベリは言う。「『ガスカッセン』は全国メディアに負けず劣らずおもしろいニュースを発掘するのがうまいってね。これがその証拠ですよ」

掃除屋による海鷲の晩餐会のあとに残った骨のDNA、そこから判明した人たちのポートレート写真が、まるでならず者のギャラリーのように一面に並んでいる。掃除屋自身は、こいつらの大部分はごみの山に捨てられても仕方ないやつだと主張するだろうが、彼の正体も果たした役割もだれも知らない。したがって、掃除屋の言葉は記事に引用されていない。

だが、掃除屋もその新聞を読んでいる。一ページ一ページ読み進め、やがてその名前を見つける。少年。ルーカス。生きていた。元気にしている。〝いや、おれはそんなにひどいことはしなかったし、あの子は怖がっちゃいなかった。いっしょに菓子を食べて海鷲を見た〟。それははっきりしている。内陸にいる唯一の海鷲の群れ。自然保護協会に電話するだけで小屋の場所はわかったはずだ。小屋は見つかっても掃除屋は見つからない。少年の説明は、中年の猟師ならだれにでも当てはまっただろう。お父さんのヘンリィとだいたい同じぐらいの歳。緑の帽子。オレンジのジャンパー。知っている人だったり、名前がわかったりした？　ううん。

ルーカスのほかに、ヘンリィ・サロのコメントもいくつかある。事件のドラマチックな成り行き。クヴィックヨックのキャビン、吹雪、スンデルビィンへの車の旅。

だれが少年をそこへ置き去りにしたかわかりますか？　わからない。

こんなことはすべきではないが、自分を止められない。ヨアルはニャカウレ湖へ四輪バイクを走らせる。

遮断棒の錠をあけ、森に少し入ったところへ四輪バイクをとめる。小口径ライフルを肩にかけてテグスネースの狩猟用スキーをつけ、最後の数キロメートルを進みはじめる。

美しい日だ。氷点下二、三度。雪が絵のように輝いている。リュックサックをあけてビニール袋を取りだし、中身を地面にあけていつものトウヒの下へ滑りこむ。

たいてい一、二分でやってくる。十五分過ぎたところであきらめた。何かがおかしい。海鷲は一羽も見あたらない。

肉はここへ置いていくしかない。いずれにせよ、狐や鴉がよろこぶだろう。スキーの向きを変えて巣のほうへ向かう。遠くから見ても、何かがおかしいのがわかる。空高くで巣を誇らしげに支えていたモミの古木はすべて地面に横たわり、樹皮を剝がれている。小枝のかごの残骸のほかは、巣はまったく残っていない。自然保護区なのに、なんてことだ。

掃除屋は最後に一度あたりを見まわしてきれいに方向転換し、自分の通った跡をスキーで戻る。思考も前へ進んでいる。振り返らず、後悔もせず。


ミカエル・ブルムクヴィストの目は左端の写真でとまる。マーリン・ベングトソン、IBの娘。時間があれば、はるかに多くの情報を盛りこめただろう。たとえば、マーリンの携帯電話に残っていた位置情報は、数字をふたつひっくり返せば、ヘンリィ・サロの家ではなくブランコの本部を示していた。ブランコ一味は冷や汗をかきながら待つといい。マルキュス・ブランコとはさらに知りあう機会があるはずだ。〝この記事には抗えないだろう、エリカ・ベルジェ〟

「だが、ほかの件はどうなんだい?」スティエンベリとの個人的な電話でミカエル・ブルムクヴィストは尋ねる。「賄賂、風力発電、恐喝の疑いとかだよ。『ガスカッセン』の読者は町長の問題に興味があると思わないか?」

「彼はどの件でも有罪判決は受けてませんよ」スティエンベリは言う。「あなたが義理の息子を罪に陥れようとしている、と思う人もいるかもしれません。ヘンリィは少し型破りですがね、でも想像で記事を書くわけにはいかない」

「たしかにそうだな」ミカエルは言う。ジャケットの上にレザージャケットをもう一枚羽織り、時間を確認する。ストックホルム行きの列車は二時間後に出る。まずはリスベットと最後の一杯をともにしようと、シティ・ホテルへ向かう。

「今日は水曜だな」ミカエルはスティエンベリに言う。「虎の牙団のロッジのみんなによろしく。また会う機会があるかもしれない」

「いまぼくらはどこにいるんだ？」ミカエルは言う。リスベットにコカ・コーラを渡して、自分はビールをひと口飲む。

「どういう意味？」

「ブランコのことは終わったわけじゃない、だろ？　ブレイグのメッセージを読んだ」

「ブレイグと言えば」リスベットは切りだして、それから思いとどまる。ミカエルに心配をかける必要はない。わずかな疑いがあるとしたら、自分で対処しなければならない。「ブランコのことはもう忘れたい」リスベットは代わりに言う。「いまだに耳鳴りがするし」

「最後にもう一度、すべてをおさらいしないか？」ミカエルは言う。

「いや」リスベットは言う。「耐えられない。ところでアイスランド人の女友だちとはどうなの？」

「ああ、まあね、いつもどおりだ。今日ぼくはうちに帰る。彼女とはときどきストックホルムで会うかもしれない。きみのほうは？」

「警官は好みじゃない。自分とは反対の側にいる、って言ってもいいかも」

「どういうこと？」

「いつかあの子が言ってたとおり。歩く道は変えられなくて、選べるのはどっちの側を歩くかだけ」

会話の流れはガンジス川のごみと同じぐらい停滞している。あいていた窓もいまは完全に閉ざされた。

「で……その子……あの子はどうなるんだい？」


最後にもう一度、ヒラク家へ車を走らせる。後部座席には猿、リュックサック、スヴァラの数少ない持ち物がのっている。スヴァラ自身はママ・メッタとおばあちゃんを両腕でしっかり抱いている。

ラウラは犬の囲いにいる。ペール＝ヘンリックはスノーモービルで森から勢いよく出てきた。エリアスは、おそらくどこかで自分のことをしているのだろう。

リスベットはレンジャーのエンジンを切る。「気は変わってないのね？」リスベットは言う。

「ストックホルムのこと？　わかんないけど、どこからかはじめなきゃね。イースターの休みには遊びにいくよ」

「クソうまいピザを食べないと。あと空手を忘れないでね、スヴァラさん」

「忘れないよ、汚い言葉使うの、やめてくれたらね」

ラウラは犬の囲いの出入り口を閉めて、車に向かって歩いてくる。ペール＝ヘンリックは凍りついた庭を滑りながら歩いてくる。エリアスもキックスレッジに乗って姿を現わした。

「わたしは行くから」リスベットは言う。

「まだだよ。その前にお葬式に来てもらわなきゃ」

ブーツのなかを雪でびしょ濡れにしながら、みんなでビョルク山の頂上まで歩く。下には果てしない景色が広がっている。ところどころで煙突から煙がのぼっている。

「かわいそうなマリアンヌ・リエカット」スヴァラは言い、祖母の灰を彼女の家の方角へ撒く。

「少なくとも、だれかがそこの暖炉で家をあたためつづける」エリアスが言う。「そうすればおれたちにも新しい隣人ができるだろう」

スヴァラはママ・メッタの骨壺を最後にとっておいた。ずいぶん長いあいだ腕のなかで抱いていたが、やがて蓋を外して灰を風に委ねる。「心のままに飛んで、エアドニ」スヴァラは言う。「旅の燕みたいにはやく飛んで。海鷲みたいに空を舞って。あたしのエアドニ・メッタ」

エピローグ

［やあリスベット、元気にやってるといいんだが。よいクリスマスを。ミカエル］
［ありがとう、またいつか］
［いいね、明日はどう？］
［調子にのらないで］
［人生は短い。〈ネス湖〉で午後七時？］
［わかった、馬鹿］

だってそう、そういうものだから。人生は無二の贈り物だ。とくに贈り物がロヴァニエミのサンタから直接届くときには。スヴァラは宅配便の通知書を手渡す。荷物を受けとり、ピッツェリア〈ボンジョルノ〉へ入って、ヴェジタリアーナのエクストラチーズとコカ・コーラを注文する。

クリスマスらしい紐をゆっくりほどく。セロテープを剝がして包装を解き、大切な宝物のように本を手に持つ。

スヴァラ・H

AAMULLA TULI YÖ（朝に夜が訪れた）

なんてことだ、今度はフィンランド語を学ばなければならない。

新たな〈ミレニアム〉がここにはじまる。

ミステリ評論家
吉野 仁

『ミレニアム1　ドラゴン・タトゥーの女』が本国スウェーデンで刊行されたのは、二〇〇五年のことだ。これが〈ミレニアム〉シリーズ大進撃の幕開けだった。『ミレニアム2　火と戯れる女』、『ミレニアム3　眠れる女と狂卓の騎士』をあわせた三部作は、本国のみならず、ヨーロッパをはじめ世界各国で翻訳され、たちまち世界的な大ベストセラーとなった。もちろん、ここ日本でも読者の圧倒的な支持を得て、ミステリの各種ランキングで上位に選ばれたものだ。

残念ながら作者スティーグ・ラーソンは、二〇〇四年十一月九日に心筋梗塞を起こして亡くなったため、その成功を知ることはなかった。刊行当初〈ミレニアム〉シリーズは、全十作の構想があったというが、ラーソンの手で完成することは叶わなかった。しかし、オリジナル三部作の成功を受けて、ダヴィド・ラーゲルクランツが〈ミレニアム〉シリーズを書き継いだ。それが二〇一五年刊『ミレニアム4　蜘蛛の巣を払う女』にはじまり、『ミレニアム5　復讐の炎を吐く女』、『ミレニアム6　死すべき女』とつづく新三部作だ。これまでのシリーズの売り上げは、世界で一億部をこえたという。

ラーゲルクランツのあとを受けて〈ミレニアム〉シリーズの書き手に指名されたのは、スウェーデンの女性作家カーリン・スミルノフ。それが本作『ミレニアム7　鉤爪に捕らわれた女』である。彼女が手がける新たな三部作は、いったいどのような物語なのか。

おもな舞台となっているのは、スウェーデン北部、ノルボッテン県の小さな町ガスカスだ。掃除屋という謎の人物が登場する第一章、そして祖母と暮らす少女スヴァラについて触れた第二章を経て、第三章でいよいよシリーズの主要人物、ミカエル・ブルムクヴィストが登場する。ミカエルは、列車の出発が遅れたためストックホルム中央駅で時間を潰していた。娘ペニラの結婚式に出るために北へ向かおうとしていたところだった。娘の結婚相手で義理の息子となるヘンリィ・サロは、最近ガスカスの町長となった。だが、ミカエルはサロの態度や物腰に対し、なにか引っかかるものを感じていた。それ以上に、『ミレニアム』誌が最終号を迎えることになり、気が滅入っている様子だった。そして、リスベット・サランデルもまたガスカスへ向かうことになった。児童福祉局からの連絡は、十三歳になる姪のスヴァラの件だった。スヴァラの父親は死亡し、母親は行方不明で、それまで彼女と一緒に暮らしていた祖母は亡くなった。そこで緊急の受け入れ先としてリスベットの名があがったのである。

一方、スウェーデン北部で、鉱山地帯の再開発やヨーロッパ最大の風力発電所の建設計画などが進行しており、そこに目をつけた悪党たちが暗躍していた。大手企業のトップであるマルキュス・ブランコと謎の騎士団だ。また、これまでリスベットと争いが絶えなかったスヴァーヴェルシェー・オートバイクラブの連中もまたその地に集結していた。ミカエルとその家族、リスベットと姪スヴァラは、いくつもの思惑が絡んだ陰謀に巻き込まれていく。

シリーズ第一作『ドラゴン・タトゥーの女』では、スウェーデンの首都ストックホルムの北、ヘーデスタにあるヘーデビー島が舞台になっていたが、今回はスウェーデン最北部の県の田舎町で事件は展開していく。

前作までとの作風の違いをいえば、章立ての短さと不穏な空気をはらんだサスペンスが強く感じられるところだ。ラーゲルクランツ版三部作は、スティーグ・ラーソンのオリジナルをいわば完全コピーしてみせたかのような文体と内容だった。地の文の説明も詳細で濃密なものだったし、活劇シーンも派手に展開していた。また、リスベットの過去や家族のつながりなど、オリジナル三部作では十分に語られていなかった部分を掘り下げたり、新たに理由をつけ、その謎を明かしたりする展開が物語の軸となっていた。だが、今回のスミルノフによる新作は、そこまでオリジナルの模倣に執着していない感じがする。シリーズの基本設定を守りながら、文体や話運びは、どこまでも作者自身の調子で書いているのだ。インターネットにあがったスミルノフへのインタビュー記事をいくつか読んでいくと、なぜ舞台を北部の町にしたのか、どういう意図を作品にこめたのかが分かり興味深い。まずは、彼女自身の経歴を紹介しよう。

カーリン・スミルノフは、一九六四年九月二十四日、ヴェステルボッテン県ウメオで生まれた。じつはスティーグ・ラーソンもまた家庭の事情で幼少期にヴェステルボッテン県の小さな村で祖父母とともに暮らしていたという。ウメオから車でほど近い場所らしい。スミルノフは、北部とストックホルムを行き来しながら育ち、やがてジャーナリストとなった。いくつもの出版社で働き、外国特派員としても活躍した。だが、いつもヴェステルボッテンに戻っていた。すなわち、今回、北部の町を舞台に選んだのは、ラーソンとともに帰郷してみせた形ともいえるのだ。同時に、この地方、ノルランド（スウェーデン北部）は、地域開発がさかんに行われているという。多国籍企業が再生可能エネルギーの利用を計画したり、バッテリーなどに使う貴重な鉱物の採掘に乗り出したりしており、ジャーナリスト出身の作家として見逃せない大きな関心事なのだろう。

そういえば、作中、ある人物が、スティーグ・ラーソンとミカエル・エクマンの共著作『スウェーデン民主党――国民運動』を手にする場面があった。これは二〇〇一年にスウェーデンで刊行されたものだ。おそらく、こうしたジャーナリストとしてのラーソンが関心を抱いていた事柄や事件にも共感を寄せ、それを作中に盛りこんでいるわけだ。

スウェーデン北部を舞台に政治的なテーマを盛りこんだということでは、もうひとつ、スカンジナビア北部の先住民であるサーミ人をとりあげていることも見逃せない。トナカイを飼って生活していた彼らは、開発のための自然破壊などにより土地を追われ、差別、虐待の憂き目を見ているのだ。

また、スミルノフは、ダヴィド・ラーゲルクランツ版の三部作に抱いていた不満があり、それを自分なりに改めたかったということをいくつかのインタビューで述べている。たとえば、ラーゲルクランツ版では、リスベットもミカエルも人間的にあまり成長していないというのだ。たしかに、リスベットの超人ぶりは、残虐な強敵と戦うことによりますます進化した感じだが、オリジナル三部作に見受けられた、彼女の繊細な感情の動きまでは描かれていない印象だった。ラーゲルクランツ版は、敵と限界まで闘う壮絶なアクションを中心においていたのだ。世界的なヒット作であるオリジナル〈ミレニアム〉シリーズのあとを受けただけに、派手さや外連味を前面に押し出す必要があったのだろう。

だが、スミルノフは、あえてその轍を踏もうとしなかった。音楽の話でいえば、かつてプレスリーのそっくりさん、ビートルズの完全コピーバンドは星の数ほど出現したが、オリジナルを超えるどころか、けっして並ぶこともないままみな消えていった。ミステリ小説でいうなら作家レイモンド・チャンドラーだ。スタイルを真似たチャンドラーもどきは星の数ほど登場しても、彼を超える存在になった例はない。〈ミレニアム〉も同じで、オリジナルがもつ魅力は、ラーソン以外の者がどれほどコピーしたところで到達できないだろう。スミルノフは、いくつかの基本設定やシリーズの約束事だけを残し、それ以外は、まったく自分のスタイルによる新三部作をはじめようとしたのではないだろうか。

おそらく前作、ラーゲルクランツによる『ミレニアム6　死すべき女』から間をおかずに本作を手に取った読者は、クライマックスの死闘を経てからの話のつながりを不自然に思ったかもしれない（とくにミカエルがあれだけの酷い目にあったのだ）。だが、スミルノフは、おそらく前三部作の続篇ということをまったく意識せずに本作を構想し、書きあげたのである。

カーリン・スミルノフの小説家としての仕事を紹介すると、デビュー作 ***Jag for ner till bror*** は、二〇一八年に発表され、スウェーデンでベストセラーになったという。すでに英語やフランス語に翻訳されているが、その作品紹介によると、スウェーデン北部の人里はなれたスマーレンガーという土地を舞台にした田園ノワールとある。ヒロインのヤナ・キッポが農場に住む双子のかたわれを訪ねるため故郷に戻った。製材所の裏の草むらで若い女性の死体が発見されたのをきっかけに、ふたりは暗闇に包まれた子供時代から抜け出そうとする……というのがあらすじだ。田舎の町の狭い人間関係のなかで育った秘密と嘘がやがて暴露されるという話である。その後、ヤナ・キッポを主人公とした小説が二作書かれており、三部作となっていて、スウェーデンで七十万部をこえる売上げを記録している。二〇二一年に刊行された ***Sockerormen*** は三人の子供たちをめぐる物語で、ミステリや犯罪小説ではないようだ。こうした作風の書き手だということからも、同じジャーナリスト出身とはいえ、スティーグ・ラーソンやダヴィド・ラーゲルクランツとは異なる筆致の〈ミレニアム〉が生まれたのがうかがえる。

このあと、カーリン・スミルノフによる新生〈ミレニアム〉はいったいどこへ向かうのか。リスベットやミカエル、そして特殊な才能を秘めたスヴァラにどんな運命が待ち受けているのか。次作を期待したい。

二〇二四年三月

※スミルノフへのインタビューなど参考にしたサイト

Karin Smirnoff discusses her Scandi-noir novel as she takes up the reins from Larsson's Millennium series https://www.thebookseller.com/author-interviews/karin-smirnoff-discusses-her-scandi-noir-novel-as-she-takes-up-the-reins-from-larssons-millennium-series

※フランスのサイト

Karin Smirnoff : "Je voulais redonner à ***Millenium*** son caractère politique" https://leclaireur.fnac.com/article/382800-karin-smirnoff-je-voulais-redonner-a-millenium-son-caractere-politique/

〔訳者略歴〕
山田 文
英語翻訳家　訳書『パリ警視庁迷宮捜査班　魅惑の南仏殺人ツアー』ソフィー・エナフ（共訳），『パンデミックなき未来へ　僕たちにできること』ビル・ゲイツ（以上早川書房刊）他多数

久山葉子
スウェーデン語翻訳家　訳書『ミレニアム6　死すべき女』ダヴィド・ラーゲルクランツ（共訳／早川書房刊），『スマホ脳』アンデシュ・ハンセン他多数

ミレニアム7
鉤爪に捕らわれた女〔下〕

2024年4月10日　初版印刷
2024年4月15日　初版発行

著　者　カーリン・スミルノフ
訳　者　山田《やまだ》 文《ふみ》　久山葉子《くやまようこ》
発行者　早　川　　浩

発行所　株式会社　早川書房
東京都千代田区神田多町2－2
電話　03-3252-3111
振替　00160-3-47799
https://www.hayakawa-online.co.jp

印刷所　三松堂株式会社
製本所　三松堂株式会社

定価はカバーに表示してあります
ISBN978-4-15-210321-5 C0097
Printed and bound in Japan
乱丁・落丁本は小社制作部宛お送り下さい。
送料小社負担にてお取りかえいたします。

制裁

ODJURET

アンデシュ・ルースルンド&
ベリエ・ヘルストレム
ヘレンハルメ美穂訳

〔「ガラスの鍵」賞受賞作〕凶悪な少女連続殺人犯が護送中に脱走。その報道を目にした作家のフレドリックは驚愕する。この男は今朝、愛娘の通う保育園にいた！　彼は祈るように我が子のもとへ急ぐが……。悲劇は繰り返されてしまうのか？　北欧最高の「ガラスの鍵」賞を受賞した〈グレーンス警部〉シリーズ第一作

ハヤカワ文庫

特捜部Q ―檻の中の女―

Kvinden i buret

ユッシ・エーズラ・オールスン
吉田奈保子訳

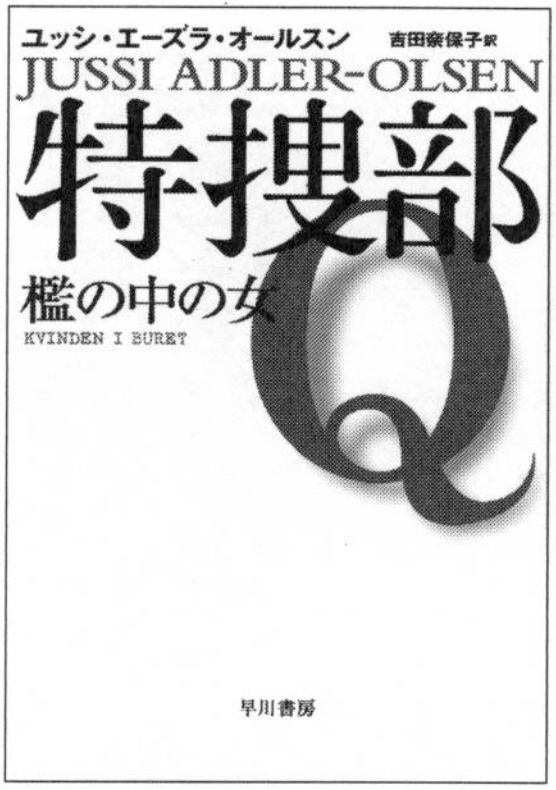

〔映画化原作〕コペンハーゲン警察のはみ出し刑事カールは新設部署の統率を命じられた。そこは窓もない地下室、部下はシリア系の変人アサドだけ。未解決事件専門部署特捜部Qは、こうして誕生した。まずは自殺とされていた議員失踪事件の再調査に着手するが……人気沸騰の警察小説シリーズ第一弾。　解説／池上冬樹

ハヤカワ文庫

空軍輸送部隊の殺人

A Quiet Place To Kill

N・R・ドーズ
唐木田みゆき訳

一九四〇年、英国空軍の後方支援組織〈補助航空部隊〉の女性飛行士を狙った殺人事件が起きた。切り裂きジャック事件を模した連続殺人事件に挑むのは、優秀な飛行士でありながら犯罪心理学の博士号を持つリジー。女性蔑視が色濃く残る空軍内で煙たがられながらも、地元警察の堅物刑事ケンバーと共に事件を追う！

ハヤカワ文庫

黒い瞳のブロンド

The Black-Eyed Blonde

ベンジャミン・ブラック

小鷹信光訳

フィリップ・マーロウの元に現れた黒い瞳のブロンドの女性、クレア。彼女に失踪した愛人を探してほしいと依頼されたマーロウだったが、調査の過程でその愛人は二カ月前に死亡しており、彼女もそれを知っていたことが判明する。クレアの真の目的とは？　チャンドラー『ロング・グッドバイ』公認続篇。解説／小山正

ハヤカワ文庫

詐欺師はもう嘘をつかない

The Girls I've Been

テス・シャープ

服部京子訳

詐欺師の母親の元でノーラは何度も名前を変え、人を騙す方法を学んできた。ある日、彼女は恋人のアイリス、友人のウェスと訪れた銀行で、強盗事件に巻き込まれてしまう。アイリスとウェスとともに人質にとられたノーラは、彼女たちを救うため、母とともに捨てた詐欺の技を使うことを決意する……。解説／若林踏

ハヤカワ文庫

すべての罪は沼地に眠る

A Flicker in the Dark

ステイシー・ウィリンガム
大谷瑠璃子訳

十二歳の夏、クロエの人生は一変した。湿地で少女六人を殺したとして父が逮捕されたのだ。遺体は見つからなかったものの父は有罪判決を受けた。それから二十年、心の傷に苦しみながらも臨床心理士として懸命に生きるクロエの周りで、またも少女を狙った連続殺人事件が起こる。父と同じ手口を使った犯人の目的は？

ハヤカワ文庫

メグレと若い女の死〔新訳版〕

Maigret et la jeune morte

ジョルジュ・シムノン
平岡 敦訳

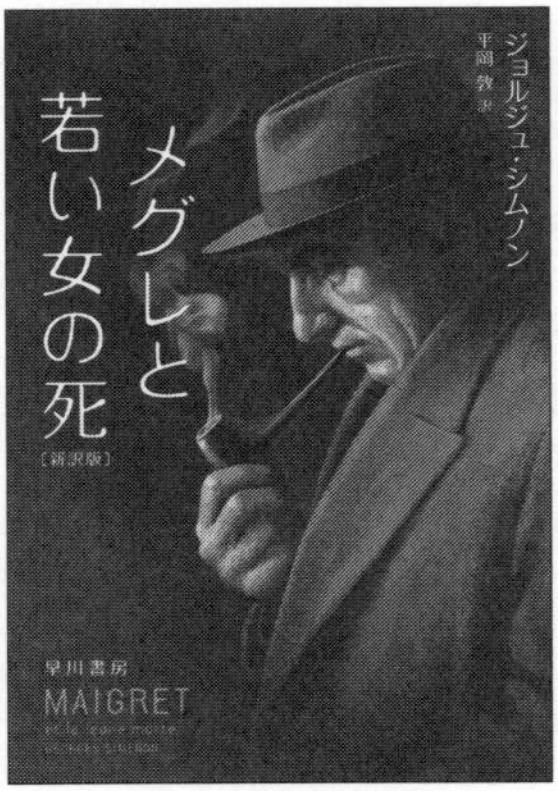

パリ、ヴァンティミユ広場で女の死体が発見された。場違いなイブニングドレスをまとったルイーズと名乗る女性はなぜ殺されたのか。メグレは彼女の人生をなぞるように捜査を行う。犯人を追うよりも、孤独と苦悩の中にあった彼女の人生を理解することが事件を解き明かす鍵だとわかっていたからだ。解説／中条省平

ハヤカワ文庫